JN276728

グローバル化に抗する世界文学

千年紀文学叢書

7

千年紀文学の会編

皓星社

目次

■短歌

まえがき

原　仁司

「千年紀文学」は、今年の三月に刊行する第91号で十六年目を迎える。いま「まえがき」を書いているこの叢書は第七巻目で、およそ二年に一冊のペースでの刊行になる。正会員は三十五名、購読会員は約百五十名いる。この間、中心メンバーとして活躍した人も数人亡くなっており、また、病気その他で実務の一線から退いた人も少なくない。平均年齢を計算したことは一度もないが、全体的に高年齢の会である。私は昨年で五十歳になったが、会のなかではまだまだひよっこで、会合にでるたびに学ぶこと啓発されることが多い。

これは、よく会外の人たちから言われることであり、自分たちではあまり意識していないのだが、「硬派な」あるいは「真面目な」と評価されることが多い。どこが真面目で硬派なのかは分からないが、時流に乗っていないことだけは確かだろう。なにしろ千年の単位で時代を推し測ろうという大ぼら吹きで付けられた会の名だけに、悠長にというよりも鈍重にかまえている。俳人、歌人、詩人、小説家、運動家に実務家、評論家、編集者、文学研究者と会員が多彩なのも特徴である。だからというわけでもないのだろうが、スローガンめいたことやイデオロギッシュな調子を紙面が帯びたことは皆無である。良識を大事にする程度の了解事項のみが会の指針であり、会則もない。それでよく十五年もやってこられたと今更ながら感じ入るばかりである。

「文学の死」などという囈語が一時期流行って、いまはどうなったのだろう。その流行に毒されてと言うことでもないのだろうけれど、気付けば我が胸を衝くようなまたは体が震撼させられるような強烈な作品に出会うことが、とんと無くなった気がしないでもない。若い頃に出会ったドストエフスキーやランボーのような存在が、いまの私には無い。まれにすぐれた現代作品に出会うこともあるが、昔のような感銘を得ることはもう滅多にない。

だが昨年は、金泰生という在日作家に出会った。勿論、作品に出会ったのだが、『骨片』『紅い花』そして、とりわけ『私の日本地図』に胸打たれた。金泰生は、六歳のとき母に捨てられ、幼くして渡日後すぐにまた父に捨てられ、さらに離れて住む父からは成人になるまで苦しめられ、その死後もなお彼を苦悩におとしいれた。およそ在日作家のなかで、彼ほどに父から苦しめられた体験をもつ作家はほかにはいないだろう。不実な父。犯罪者の父。暴力の父。だが、これほどまでに悲惨な父との関係を、彼は終生棄てることはできなかった。そして、金泰生の決して多くはない小説作品の殆どは、この父との関係が主題になっている。だが、金泰生は「父を憎み、父を呪い、心の中で何十回となくその存在を抹殺さえ」したが、結局彼は、父との縁の糸を断ち切ることはできなかった。いや、それどころか彼は、自身の父への憎しみを所詮「自意識の遊戯」でしかなかったのではないか、とまで考えるに至るのである。

金泰生の小説を読み、彼の父の行状、その人となりを知るものにとっては、これはあまりにも度を越した自己自身への厳しさであると思うだろう。最初、私は彼のこうした自己省察を、ある種のポーズかとさえ思ったが、いまは全くそのようには考えない。なぜならこの私も、多少は彼の「父との関係」を推し測れるような経験を持つ者だからだ。父を恕しているわけでは決してないが、父への憎悪が時間をかければ多少は相対化できる、そうした時間の力というものを、私も、いささかではあるが理解し忖度することができる。

この「時間」というものの持つ効力を、おそらく金泰生ほど身に染みて理解しそれを自己の作品に投影することができた作家は少ないであろう。彼が本格的に小説家として立ったのは、『骨片』（72年、刊行は77年）を書いた四十八歳のときで（処女作「痰コップ」は三十一歳のときの短編佳作であるが執筆中断の時期も長いし、やはり本格的なデビューは『骨片』以後と見なせる）、小説家のデビューとしては遅く、しかも寡作の人である。正確な年譜が作られていないので父親の死亡年がよくわからないのであるが、刑務所に入っていた父の死を彼が知ったのは戦後しばらく経ってからのことであるから、おそらくその死を確認してから少なく見積もっても二十年〜二十五年は経つ計算になる（実際の死は、さらにそれ以前の戦時下のようだ）。つまり彼が憎悪を乗りこえて対象（父親）を相対化できるまでには膨大な時間の堆積が必要だったということで、おそらく名作『骨片』のときですらまだ十分には父を相対化できていなかったに違いない。

二冊目の単行本『私の日本地図』（78年）で、金泰生は次のようなことを述べている。

戦後八年間の療養生活を経て、昭和三〇年頃からやっと小説らしいものを書き始めた私は、一部の友人知己から、君はどうしてそう過去にばかりこだわるのかと、呆れ顔によくいわれたものだ。それもまるでへどを思わせる過去を、と。しかし、彼らはたしかに好意をもってそう指摘していたのだとしても、明らかに何かを錯覚していたようだ。というのは、私の文学的出発の当面のテーマがその〈過去〉そのものを問い直すことにあったのだから。たとえば前述の叔母のあの一言は未だに私の胸にしこっていてほぐれない。たった一つの言葉の意味さえ三〇年を経ても決して正体をあらわそうとしないものなのだ。／だからといって私は単なる〈過去の再現〉を自分の文学のテーマとしたわけではない。そんなことは到底不可能であるばかりでなく、本当のところ私には余り興味がない。〈後略〉（傍点引用者）

「たった一つの言葉」の意味さえ、容易には測りがたい。そんなことは、日常においてもよくあることだ。それゆえ問題なのは、その意味の正体を探しあぐねて三〇年も苦悶しつづけているという作家の姿だ。同様のことは「父」についても言える。彼にとって「父」は憎悪の対象であるばかりでなく、一つの解きがたい、巨大な「謎」でもあった。尤も、答えはすでに解けていたのかもしれない。人生には不条理な、しかも解くべきを強いられた「問い」が、まれにあるというだけのことだ。

金泰生の小説は、「情報」や「記号」の集積によって成り立ったものではない。またもし百歩ゆずってそうであったとしても、少なくとも現代人にとって、彼の制作手法はおそるべく不効率なものだ。気難しい職人仕事のように時間を惜しまず、手間暇をかけた熟練の賜物であると言っていい。『私の日本地図』を書いたときには、父親の死からおよそ三〇年以上が経っている。それはかつてベンヤミンが次のように言った、「物語作者」の仕事ぶりにも似ている。「情報や業務報告がするように、事柄を純粋に「それ自体」だけを伝えることを狙っているのではない。それは事柄を、いったん報告者の生のなかに深く沈め、その後そこから取り出してくる。そういうわけで物語には、ちょうど陶器の皿に職工の手の跡がついているように、語り手の痕跡がついている」と。金泰生は、自分が描く経験的対象との間に固有の関係を再形成しようと目論んでいるのである。書くことがすなわち生きることであり、生きることがいまの自分を形作り、そして過去をも現在のなかで活かし得る、そのための道をまさぐることを文学に求めているのである。ベンヤミンと「過去」——「記憶」との関係について、スーザン・ソンタグが次のようなことを言っている。

ベンヤミンは想い出せる過去のすべてが未来を予言するものと考える。なぜならば、記憶の力は時間を崩してしまうからだ（時間を逆向きに読むこと、彼は記憶をそう呼んでいる）。〈略〉ベンヤミンは過去を取り戻そうとしているのではない。過去を理解し、それを空間的なかたちに、未来を予言する力をもつ構造に圧縮しようとしているのだ。

（『土星の徴しの下に』）

これと殆ど同じことを金泰生も言っている。

私は内部の〈過去〉（※「記憶」「経験」とほぼ同義）に形をあたえ、それを私から解放することによって、私自身の自由を確保したかったということである。そうでなければ、そのような作業を自分に課し、それを果たすことなしには、私はにっちもさっちもいかない精神的状況に追いこまれていたといってよい。自分にとっての〈過去〉を単純にきり棄てる手もあるだろうが、彼〈過去〉は決してそれを私に許しはしなかった。なぜなら、彼は即ち私自身だったのだから。そして私はむしろ彼を私の内部で新たに再生して、私が現在を生きる契機とする方法を選んだ。

（『私の日本地図』丸括弧内引用者）

人間の「生」が臍の緒のリレーで繋がっているように、作者と作品もまた臍の緒で結ばれている。読む行為とは、書く行為とは、本来そうした「生」の連続性を、「生」そのものとはまた別のかたちで保証する精神の絆《バトン》だったのではなかったか。打ちのめされた心を抱えながら、青年のある時期、金泰生は文学作品をむさぼるように読んだという。そしてほぼ一年間の乱読期を経て彼は、とある「啓示」に対面し、震撼した。それは、芥川龍之介『羅生門』の中に書かれていた二人の罪人の存在についてである。彼は、「老婆」と「御家人」との関係を、「父」と「日本社会」との関係におきかえて考えてみたという。『「羅生門」が『今昔物語』に素材を得ていることをぼくが知ったのは更に後日のことだったが、それは、時として不道徳を生きること自体が道徳的でありうるという逆説――いわば乱世の論理とぼくとの最初の出会いだった。ぼくにとって、父は老婆と御家人とのいったいいずれなのだろう?」。こうした金泰生の『羅生門』解釈が、妥当なものであるか否かはさておくとして、彼は「文学」が、「物語」が、「経験を交換する能力」（「物語作者」）であるということにその瞬間、深く思い至ったのである。『羅生門』や『今昔物語』の作者の罪についての洞察に触れて、彼はそれまでの「父の行状に対する鬱屈した感情にわだかまっていた」心が「ほぐれて行く」ような気持ちになったというのである。もちろん、だからといって「父の生き方を肯定する気持には到底なれ」るはずはなかったのであるが、しかし、「ぼくが父からおしつけられ、〈社会〉にたいして負うているときめこんでいた心の荷をいくらかでも軽めることに役立ったのはたしか」だった。

人間の行為を法や道徳だけで審くのでなく、それを含みつつ、それらを超えた何かによって人間の苦悩をやわらげ、心と心とを結びつけようとしている〈文学の世界〉にぼくは不思議な魅力を感じはじめていた。〈文学〉はただ人間を審こうとするのでなくて、人間の存在が何であるかをぼくに知らせようとしている。それは他者だけでなく、ぼく自身に対する理解への門を開いて、ぼくを待ちかまえている世界のように思えてくるのだった。

（同前『私の日本地図』）

こうした金泰生の思考の在り方を、近代的あるいは前近代的と呼んで貶めることはたやすい。だが、そもそも「文学」は、現代の知識人たちの大凡の希望的観測を裏切り、それでもやはり人間的価値や倫理観を離れては成立しえなかったのではないか。それを「人間の死」「文学の死」などと言い、「世界」のすべてを熟知したかのような顔つきで高みからものを言う研究者や知識人が、いまだに学会や研究会などには数多くいて、不快な思いをさせられる。

さて、話を元にもどせば、「千年紀文学」の会では、いま述べたような不快を得ることがきわめて少ない。それは、殆どの会員が「文学」の役割について、おそらく何らかの確信めいたものをもっているからではないかと思う。それでいて、私のような口幅ったいことは決して申されない。もともと「文学」に何ほどのことが出来るものか、諦念ではなくわが会員たちは本気でそう思っているのではないかとさえ感じるが、これは問わぬが花であろう。

急がず騒がずの十五年間は、事務局長を円谷真護さんが五年間、私が八年間で、十四年目からは現在の喜谷暢史さんが務めている。編集長は小林孝吉さんが十五年目と長いが余人に代えがたしという処か。会計の仕事は六年目の前半まで菅井彬人さん、六年目の後半から古閑安明さんが務めて今年十一年目になる。正会員数・購読会員数はともに安定しているが、若手の会員が少ないのが目下の会の悩みである。

詩

そこを行ったとき

新井豊美

そこを行ったとき光の鞭はしなり
刈り取られた鋼の跡をそのままに
倒れた草の血はあおく匂った
囚われた囲いの中で「石の人」は微かにみじろぐ
木の柄杓に汲まれた
「石の人」の不死のたましいは乾いた砂に撒かれ
時の背中から文字の汗は流れて
石の秘めた文脈を浮き上がらせた
クロロピクリンが染み込む薬品化された土壌に
歴史的時間のかけらが土器の破片や
朽ちた骨状の物質として散らばっている

拒否された風の荒々しい叫び
ここはまるで異郷のにおいがすると風は言い
そのとおり地上はすべて異郷　かえるところなど
どこにもない　不死のたましいのために
野の花を咲かせるやさしい草原も
「石の人」の繊細なたましいを
異様に太った根や虫良いのない葉にかえる科学の詐術
だからもういいのだと「石の人」は
もう一度砂の上で埃のように死んでみせる
切断された木々　その奇形の隊列
降るともない雲が遠のき　結晶する
単純な苦痛の輪郭がここに
今日の日のための白い石となって置かれている

春が来たら

李　承淳

奇跡のように不意に訪れる
春が来たら
米国のバーモントに住んでいる
ターシャの庭が夢見る
春が来たら

人間が造りあげた
地獄の門を閉めてみる
見えないようにしっかりと
閉めても閉めても　開いてしまう
門の隙間から
過去へ　現在へ　未来へと
阿鼻叫喚が漏れてきて
息籠る胸には

黒い血が凝り固まる

アウシュビッツの庭でイラク人が泣いている
アフガンの砂漠から柳寛順が走ってくる
靖国神社で尹東柱が詩を吟詠する
消えた鉄の門の替りに柴の扉が開いて
地獄の北風が押し寄せる

なかなか春は来ない

花の力

水川　まき

毎年この時期にきまって届く
紅色の花
その年
白い部屋の枕元で
それは華やかに咲いていた

シクラメン
真冬の病室に
そこだけ生きていた

私の病はすすみ
花はいっきに
萎れていった

冬が過ぎようとしていた
裏庭の陽だまり
たんぽぽ
花大根に埋もれた
あの花
捨てたはずの株から
陽に向かって茎を伸ばし
小さい固い蕾をつけ
芋のような根っこから
まっすぐな茎が伸びている

そうだ　かつてこの花は
食用だった※
じゃが芋がもたらされる前
地中海沿岸地方の
花はそんな野草に還ったのか

私がしたことは
根を放してやった
ただそれだけ

篝火花《びばな》と言われ
アルプスの菫と言われ
桜草に属している
その花が
根をさらして
この冬を越そうとしている

※古来シクラメンは花ではなく、原産の地中海沿岸地方では、塊茎の澱粉が食用であり、じゃが芋の代わりだった。

草上の食卓

井上晶子

ある一つの食卓に向かい合う男には
みさかいのない　無秩序な　無意味
が必要です
思い切って口にするためには
最初は固すぎず柔らかすぎない
料理を選ぶのです
そうして　非情な食事が試されます

かつて　男の歯が
わたしの歯の代わりをしたことがあります
もちろん　わたしの手が
彼の手の代わりでした

食べることは　寝ることであり

寝ることは　忘れないことでした
大きな瞬きにあわせて
まるいものが喉を通過するとき
笑い顔と泣き顔の酷似に気づきます

PHILOSOPHY　を反すうして
ART　を消化して
SENTIMENT　を食べ残して
いまは斜面に素足を伸ばし
いっしょに深く並んでいます
「私による草上の食卓」は
目の前には　RIVER
それも大きな、
それも曲がった、
食卓には　はしかく尖った植物
対岸にも草ぐさの群生

尖った男の後方から
肩に上がり胸に回った
青い色が

わたしの両目を移っていきます
そして舌先に凍みる味…
この極上のSETTINGに感嘆する！
男の呼吸がわたしの呼吸に変わります
食事に満たされたら
わたしのくちびるは　ついに
彼のくちびるに変わるのです

もっと静かなところへ

井上晶子

バスは４カ月遅れていた
バスは殺菌されている

巨大な駅の喧騒を抜けると
ぴったりと夜が迫る
訪ねて行く人を
ありふれた会話のなかに確認する
点滅を追って階段を降りると
わたしたちには　急な献立が整えられた

コインを並べるように

切り分ける　少年を知っている
無心に動く　テーブルの上の小さな指
窓から見える冬の部屋で
まだ若い両親はソファにもたれて
子供たちを見つめていた
いくつもの歪んだ形と感触
彼がより分けて君の口に運ぶ
小さなフォークの冷たさに
二人の瞳は見開き　細められる

カラフの液体を軽く振り
細長いグラスに均等に注ぐ
飲みほせば　苦い
舌を刺し香る　アルデヒドの
吐息さえ君の唇からは　もれない

一口ごとに
あなたは食物の名をたずねる
砕かれた骨と肉だけの料理から
甘美な果汁のにおいが漂う
わたしがあなたに預けるものは
定期券と新しい名刺
その名の意味を兄が知っている

彼に出会えたら
かつての家に置き忘れた
葡萄酒を空けて
しばらくは　舌になる
今度は君が抱きしめて
別れを告げる

それからはもう二人で行こう

行こう
もっと静かなところへ
行きつくところまで
もう水さえ口にできない

バスは手帳を運び去る
バスは寒気に乾いていく

高台の住宅街に
最も夜の深い家を捜し
未明
わたしが先にドアを引く
明りがなくてもあたたかな部屋

君が寝入るまで　ここにいる

永遠に　もどれなくなる、よ

評論

「中心」の探求
――ル・クレジオとアフリカの文学

原　仁司

……世界の外で生きたがる人たち（自分たちでは「世界を超越して生きる」などと言っているが）、そういう人たちはどこにいるのだろう？　世界を消し去ろうとしながら、そのじつ消え去るのは自分たちの方だ。彼らの姿はもう見えない。自らの知識という入り組んだ地下道に迷い込み、暗くて狭い墓穴のなかに姿を消してしまった。もう影ひとつ残っていない。ああいった人たちは、書物の頁と頁のあいだの二次元に追いやられた、埃っぽい牢獄の住人だ。薄っぺらい幕のあいだで押しつぶされ、消えてしまった。言語が導いていく先は、限界のない抽象空間なんかではない。言語は一歩一歩、大地という現実の小径へと導いていくんだ。

（J・M・G・ル・クレジオ「地上の見知らぬ少年」鈴木雅生訳[*1]）

二十一世紀の現在、アフリカ大陸への関心が高まりを見せている。

その関心の根底には、むろん経済上の理由――資源の争奪という――が横たわっているわけだが、しかし、それればかりでもない。西洋先進国（日本を含む）における、あらゆる価値尺度の崩壊と混沌、そして、吃緊《きっきん》の課題としてもはや目を逸らせなくなった〈地球環境問題〉への不安が、現今のアフリカ大陸の内情と、なしくずしの共鳴現象を引き起こしているからであろう。

日本一国にかぎっても、一九九四年に起こったルワンダの大虐殺以来、アフリカ大陸への関心が高まっており、また、殊に「アフリカ文学」の翻訳がさかんである。とりわけ二〇〇四年以降は、第三、第四世代（一九五〇年代後半以後生まれ）の小説家の台頭が目立っており、新しい「アフリカ文学」の到来を予感させる。例をあげればオレンジ賞、O・ヘンリー賞をダブル受賞したナイジェリア出身の作家チママンダ・ンゴズィ・アディチェ（30歳）を筆頭に、ヒシャーム・マタール（37歳）、ファトゥ・ディオム（39歳）、キャディ（48歳）、ヤスミナ・カドラ

（52歳）等々、枚挙するにいとまがない。また、彼ら以前の第一、第二世代の小説家たちの作品も、今世紀に入って新訳・復刊・文庫化が相次ぎ、二〇〇六年以降は、文芸批評や文化批評、地域研究、言語研究その他の批評・研究書の類もかなりの点数が出版されている。おそらくは今後もまだしばらくこの翻訳・出版ラッシュは続くことが予想されるが、しかし、そもそもいまの日本において、なぜこのように「アフリカ文学」への関心が高まっているのか。

「アフリカ文学」の日本における流行（翻訳・紹介）は、じつは大きな波としては二つしかない。一つは、南アフリカ・中央アフリカのアパルトヘイト政策および西欧列強の植民地政策の結果を淵源とする六〇年代以降エスニック文学の隆盛とともに開花した「第三世界の文学」としての「アフリカ文学」。もう一つは、一九九四年に起こったルワンダ大虐殺とその余波のアフリカ大戦、アメリカ9・11と中東情勢の混沌・不安が招来した今世紀初頭から始まる「アフリカ文学」の翻訳ラッシュ——とくに二〇〇五年以降の——である。日本における後者の翻訳ラッシュは、じつは小説のみならずノンフィクション、ドキュメンタリー、エッセイ、詩、批評、映画台本と多岐にわたるが、基本的には西洋の搾取にいまだ甘んじたままにある「アフリカの混沌」を、地球環境問題と併せて国際的認知に至らせねばならぬという本源的な欲求にうながされて奔出したものと考えられる。とくに昨年の二〇〇七年は、三十代から五十代前半のアフリカ第三、第四世代の作家の作品の翻訳が目立ち、世界大戦や植民地戦争の直接体験を欠いた世代の文学が、新しい波として押し寄せつつある。

かつて「第三世界の文学」が注目されたときと同様、現在の「アフリカ文学」流行の内実が西洋の模倣・追随でしかないこと、また、それがたんなる好奇心のレベルにとどまるものであることは歴然としている。ファッション（流行）としての知的好奇心が、この国（日本）における救いがたい知的現実でもあるからだ。たとえば冒頭にも述べた、中央アフリカの小国ルワンダで起こった未曾有の大虐殺（わずか百日の間に八十万人が残殺されたという）については、それが起こった直後の数年間、日本でその虐殺の内容を知る人はほとんど無きに等しく、その後、西洋で出版されたノンフィクション『ジェノサイドの丘[2]』（03年）や映画『ホテル・ルワンダ[3]』（05年）『ルワンダの涙[4]』（06年）等の海外のメジャーな動きに触発された翻訳作品が、いま日本にようやく上陸して来ているというのが実状である。つまり、今回の「アフリカ文学」の翻訳ラッシュも、再びファッションとしての輸入・消費に終始してしまう可能性がきわめて高い、ということだ。

ところで、現地アフリカでは、じつは八〇年代から本格的な「脱植民地化」の文学が待望されていた。これは、同じころに日本で流行していた理論重視の「ポストコロニアルの文学」ではなく、それよりもずっと「根本的なレヴェルで、ヨーロッパ的な価値やシステムから脱却すること[*5]」を目指した文学運動であった。たとえばケニアの作家グギ・ワ・ジオンゴ（38年生まれ）は、彼の思想の帰結として「外国人や外国で教育を受けたニュー・エリート」以外の自国の幅広い「読者層」に語りかけるために、英語ではなく、ギクユ語あるいはスワヒリ語で書くことを決意する。と同時に彼は、さらに自分を含む「〈英語〉によるアフリカ文学」も却下するので、その文学運動が徹底して精神的かつ現実的な意味での「脱植民地化」を目指すものであったことが窺い知れる。

　これまで日本に輸入された「アフリカ文学」の、ほとんどすべてが西洋言語（主に英語、仏語）で書かれた作品の翻訳であったことをかえりみれば、近年の翻訳ラッシュもまた、現地アフリカの側から見た場合、西洋の植民地支配とそれからの完全な独立との間の〈移行期〉に位置づけられる特殊な「アフリカ―ヨーロッパ《アフロ・ヨーロピアン》」文学あるいは「アフリカ―アメリカ《アフロ・アメリカン》」文学の局所的な翻訳にしか過ぎない、という皮肉な見方も可能になってくるのである。先ほど紹介したアディチェがアメリカ在住の英語作家、マタールがイギリス在住の英語作家、ディオムがストラスブール在住の仏語作家、キャディがベルギー在住の仏語作家、カドラがフランス在住の仏語作家という布陣であり、また、彼らの大部分が知的エリートとしてブルジョア家庭に育った（あるいは幸運にもブルジョアに救済された）者だということを勘案すれば、我々日本人はまだアフリカの「真の声」には近づけていないといえるだろう。そして、その「声」は、少なくとも八〇年代までは西洋の構造主義やポスト構造主義の思想に毒されることなく、民族母語を用いた新しい世代の作家たちにより発信されていたわけだが、その発信が一体どのような方向にさし向けられ成果をかちえていたのか――そして、いまはどうなっているのか――は容易には知り得ないことである。

　『ポストコロニアルの文学[*6]』（98年）の著者ビル・アッシュクロフトによれば、グギたちの関心は、「文化の『担い手』としての言語という形式的な言語観」にだけでなく、「テクストの生産や頒布、またその読者層のコントロールといった面で、〈英語〉の使用がはらんでいる社会的な諸問題」に強くそそがれていた。したがって彼らは、たんに懐古的《ノスタルジック》で本質主義的な言語観あるいは再現＝表象主義的な言語観に依拠して彼らの文学運動を推し進めようとしていたのではなく、西洋社会に流通している現今の「アフリカ文学」（西洋言語によって書かれたそれ）が抱えるきわめて困難にして切実な課題を、するどく剔抉していたといえるだろう。

もっとも、グギの民族主義的な主張に対して、反論がなかったわけではない。たとえばグギと同世代のノーベル賞作家ウォーレ・ショインカ（ナイジェリア、34年生まれ）は、「英語で書けば、アフリカ人のために書いていないといった主張があります。私はこうした主張に閉口し、率直に申し上げて困ったことだと考えています。そんな考えはクズです[*7]」とまで断じているし、また、そこまでは言わずとも後続世代の作家ベン・オクリ（ナイジェリア、59年生まれ、ブッカー賞受賞）のように、「ある言語を十分に知り、自分の感情を強烈に知り、自分の世界にとっぷりと根を張っておれば、そして自分の芸術と生活に注意深くあれば、どのような言語を使っても、言いたいことはいえるのだ[*8]」と、アフリカ人作家に母語使用を強いることの過誤を指摘する者も、とくに後続世代の作家のなかには数多くいるように思う。が、ショインカが、「大多数のナイジェリア人は英語を話している」と強弁し、「言語とはコミュニケーション以外の何物でもありません」「これからは文化の相対主義の基盤に立った相互の交流がいよいよ盛んになるべき時代だ」といくら力説してみせても、しかし、実際には「（ナイジェリア）国民の八五〜九〇％は英語によるコミュニケーションとは無縁[*9]」（宮本正興）で、英語が一握りの知的エリートたちの占有物にすぎないのだとすれば、彼らの一見正当らしきその反論も、やはり西洋的な思考回路の枠組みから、いまだ十分に解放されていないそれのように見えてくる。また、「文学には面白い文学と、面白くない文学があるだけだ。私はアフリカの文学の定義や読者に関心はない」「夢は現実の一部だ。夢とフィクションの境界は明らかではない。書くことは夢のつづきのようなものだ[*10]」と述べるオクリも、そのスタンスを冷やかに見れば、つまるところロンドン在住のコスモポリタンにしてポストモダニストの典型であって、母国ナイジェリアの苛酷な現実から遠く隔たった安全圏で、グローバル文化に魅入られ物質的に恵まれた〈生〉を享受するエリートでしかないのである。

　西洋列強によるアフリカの植民地支配は、形を変え、今日もなお継続されており、また、その支配の当初から「言語」が、近代的な国家体制を保持するための宗主国の有効な道具であり手段であったことは、すでに知られている。公用語を「西洋言語」に単一使用化することで国民統合が円滑になりアフリカ諸国の経済発展も約束される、といったような従来の主張は、西洋の資本主義が物心両面において袋小路におちいっているいま、ほとんど信頼をおくに値しない。また、そのことを裏づけるかのように、二〇〇〇年一月、アフリカ東部の国エリトリアの首都アスマラで開かれた国際会議――初のアフリカ全体会議。議題は「すべての困難を越えて　21世紀に向かうアフリカの諸言語と文学」――では、次のような驚くべき十ヶ条にわたる「アスマラ宣言[*11]」が採択されていた（この宣言のことも日本ではほとんど紹介されていない。以下に第一条～第三条、第十条を抜粋する）。

(1)アフリカの諸言語は、アフリカ大陸のために語る義務、責任、そして挑戦を担うべきである。

(2)アフリカの人々がこれからさらに力を発揮していくための基盤として、アフリカの諸言語を活用し平等の地位を与える必要を認識すべきである。

(3)アフリカの諸言語の多様性は、アフリカの文化的伝統の豊かさの反映であり、アフリカ統一のための道具として活用されなくてはならない。

〈略〉

(10)アフリカの諸言語は、アフリカの人々の精神の脱植民地化そしてアフリカン・ルネッサンスにとって必須である。

（「アフリカの諸言語と文学に関するアスマラ宣言」傍点引用者）

現在、アフリカ大陸には一千以上の数の民族言語が複雑に混在しているという。先に筆者が驚いたのは、件の全体会議において、アフリカの大多数の識者たちが、その運用上の困難さを十二分に承知したうえで、それでもなおマルチリンガリズム（多言語使用）への道を、彼らが歩むべき道として選びとったということである。「アスマラ宣言」が採択された二〇〇〇年一月の時点で、民族言語の使用が法律によって保証されていたアフリカの国は、わずか三ヶ国――エリトリア、南アフリカ、エチオピア――にすぎなかった。他の諸国は、そのほとんどが旧宗主国の言語（英語、仏語、ポルトガル語）を公用語としていたのである。

比較的、民族言語の種類が少ないとされる南アフリカの場合ですら、およそ二十五の有力言語（西洋言語を含む）が存在し、一九九六年に採択された新憲法では、そのうち十一の言語（民族言語九種と西洋言語二種）が公用語に指定された。結果、南アフリカで執り行なわれている国会は、同時通訳の機械や通訳者が入り乱れての運営だというから、我々日本人には想像もつかない光景がそこには繰り広げられているのだろう。だが惜しむらくは、楠瀬佳子が指摘しているように、現実的には「言語の不平等」は、南アフリカではいまもなお引き続いており、「英語で社会的優位を獲得した少数のニュー・エリート」たちは、「本格的に言語改革に取り組む意志がない[*12]」のが実際のようだ。ましてや法制化されていない他の国々の現状は、推測するにあまりある。ちなみにアフリカ地域研究の第一人者である宮本正興は、このマルチリンガリズムへの困難な道程を、「そこには、近代世界システムの終焉が告げられ、西欧近代をモデルとした国民国家の論理を越えようとする意志が働いてい[*13]」ると評価。さらにアヨ・バンボシェの次の言葉を引用しながらマルチリンガリズムへの道程を、「積極的」なアフリカ大陸の方向性《ベクトル》として推奨している。

ある国に多様な動植物が生息しておれば、その自然は豊かだと考えられ、人々は環境保護に努力し、種の保存に熱心に努める。だが奇妙なことに、多数の言語の存在は歓迎されない。それらの言語に付随する文化的な豊かさもまた自然の恵みであると考えてはいけないのだろうか。

（アヨ・バンボシェ『言語と国家――サハラ以南アフリカの言語問題』）

これまでアフリカ諸国において施行されてきたモノリンガリズム（単一言語使用）は、旧宗主国の植民地支配を継続させ、アフリカ諸国民や民族、その文化を分断させ、それらにつねに疎外と不平等を与えてきた。また、その見返りとしての一部アフリカン・エリートらによる特権的な物質文明の享受、そして恩着せがましいグローバル経済への参画切符の配給は、いまも不毛な代償として西洋から贈与され、他方、西洋先進国の行なう人的・物的資源の搾取が隠蔽されるという不変の構図が強いられている。グギが言うように、「実際、アフリカはヨーロッパを豊かにしているが、貧困から自らを救うためにアフリカはヨーロッパを必要としていると信じさせられている[*14]」（傍点引用者）のである。

ところで、「アスマラ宣言」の条項には、アフリカの真の独立、アフリカ大陸とブラック・アフリカンのアイデンティティの回復、その確立への願望が色濃く投影されていたわけだが、こうしたアフリカ大陸の近年の動向は、経済先進国、とくに「日本」のような国が戦後から現在に至るまでたどってきた道すじとまったく対照的なそれであることに、ここで筆者は改めて注意を払っておきたい。

モノリンガリズムの「日本人」が、自らのアイデンティティを追究するどころかそれを安価に見積もり、差異の論理や多文化主義、相対主義に邁進した道すじには、その背景に、自国の分裂や自民族存続の危機を体験してこなかったという歴史的な文脈が明らかに関わっている。むろんグローバル資本／多国籍企業が、その比類なきマネーパワーで近代的な「国民国家」の枠組みをすでに解体しつつあり、ジジェクのいう「自己植民地化[*15]」が夙《つと》にあまねく進行している現在、全世界的な規模で展開している新自由主義的グローバリゼーションに、その身を絡めとられ自己解体の憂き目に合っているのは「日本」ばかりではない。だが先進諸国のなかで、西洋の脱構築や脱中心化の論理に最も安易に同調してきた「日本人」は、じつは自らの中心性、自己同一性について最も内省と探求を持たない未成熟な「国民」だったといえるのではなかろうか。もちろん、そうした空虚な現実態を支えつづけてきたのは、戦後の高度経済成長と象徴天皇を補填することによる中心性の摺り替え、そしてアメリカナイゼーションとの結託／隷属の関係があったことはいうまでもない。今日のグローバル企業が中心を持たないボーダレスな存在であるということと、「日本人」が中心性に対して過敏な拒否反応を示しつづけてきたこととの類比《アナロジー》については、さらに一考を要するであろう。

一九八〇年代以降、西洋言語で書かれてきた「アフリカ文学」もまた、世界的潮流のなかで不可避の変貌を遂げつつある。アフリカ第一、第二世代の作家たちと比べ、おそらく後続世代の作家たちは、いま急ぎ足ではないもののの少しずつ「西洋文学」の足並みと同調しつつあるようだ。というのも、民族主義、ネグリチュードの頸木から解き放たれた第三、第四世代の作家たちは、アディチエのような一部の例外*[16]を除いて、おおむね現実感の乏しい仮想的な人間の「生」を描き出すことが多いからである。もちろん仮想的とはいっても、たとえば「日本」の昨今の現代小説のように「戦争」を煽情的にゲーム感覚で描き出す村上龍や福井晴敏のような作家はさすがにいないわけだが、しかし、それでも先にあげた後続世代のアフリカ作家たちが、国家的政治的現実から距離をおいたところで仮想の文学表現を営んでいることは間違いない。彼らの描出する素材の多くが、西洋文明社会に住まいするアフリカ出身者の疎外感覚であり、またぞろのアイデンティティ・クライシスであり、あるいは安直な多文化主義、共生思想などであることがそのことを雄弁に物語っている（たとえばベン・オクリやファトゥ・ディオムのように）。

たびたびノーベル賞候補にもあがり*[17]、すでに世界的な小説家・詩人として知られているル・クレジオが、近年（二〇〇四年、邦訳は〇六年）、『アフリカのひと*[18]』という回想記的な小説を上梓した。ル・クレジオ自身はフランス、ニースの生まれ（現在68歳）であるが、そのルーツはいささか複雑である。邦訳の副題に「父の肖像」とあるので、彼の父ラウル・ル・クレジオがアフリカ人ということなのだろうか？　いや、そうではなく父の国籍はイギリスなのであるが、しかしその祖先はアフリカ東南のモーリシャス島に移住したケルト系フランス人、しかもモーリシャス島は、初めフランスの植民地でその後イギリス領となり、そして第二次大戦後、モーリシャス島が独立したとき、それにともない父はイギリス国籍を剥奪され最終的にフランスへ帰属する、というまさにディアスポラ的な存在である。この父ラウルは、第二次大戦中、イギリス政府から単身派遣された医師としてギアナ、カメルーン、ナイジェリアに赴任し、現地で過酷な医療活動と生活を強いられるが、そのときの痛切な体験がのちに家族に語られることはほとんどなかったようだ。

第二次大戦終結後、八歳のル・クレジオは父の働くナイジェリアに母、兄とともに移り、そこで一年あまりを暮らす。このときの鮮烈な体験が、『アフリカのひと』には濃密に反映されているわけだが、作者ル・クレジオの眼差しは、自身の体験についてよりも、専ら父ラウルと一族のルーツにそそがれている。

さて、筆者が非常に興味深く思うのは、西洋言語を使うアフリカの若手作家たちが、ル・クレジオとは異なり、「西洋」への帰属以後、その多くが故郷アフリカといま居る西洋文明社会との中間地点に立ち、どちらの側にも疎外感をおぼえるディアスポラ的な感性で小説を書いているということだ。いかにもマージナルにしてポストモダニッシュな〈宙吊りの自己〉〈浮游する自己〉を彼らは描き出している。だが、そのような傾向の彼らに比べ、ル・クレジオは(彼自身もディアスポラ的存在なのであるが)、彷徨する自己の位相を、老熟の果てに培われた彼の倫理的な眼差しに拠りつつ、もう一度、世界のなかのどこかある一点の現実の場に釘付けようとするのである。たとえば『アフリカのひと』では、作者は自分が誕生する以前の、父祖の代から連綿とつづく〈生〉そのものから賦与された遺産――それは彼に歴史性と中心性とを与え、彼を起源へとみちびく薄明の記憶である――を文学表現のなかに探し求め、自らのアイデンティティの回復を、そこに狂おしいまでに企図しようとする。アフリカの大地を踏みしめていた一年あまりの「時間」において、「なにかが私にあたえられ、なにかが取りもどされた[*19]」と彼に強く感じさせたその名状しがたい薄明の記憶を、彼は自己の〈生〉内部にするどく探知しようとするのである。

アフリカ人たちが言い慣わしているところによれば、人間は母の胎内から出てくる日からではなくして、孕まれた場所と瞬間から生まれてくるのだという。私はといえば、私の誕生についてなにも知らない(誰しもそうであろう、と私は推測する)。しかし私自身のなかへ入りこむと、わが眼を内部へ向け直すと、それは私が知覚できる力であり、エネルギーの沸きたちであり、集まってひとつの身体を作ろうと準備している分子群のスープである。そして(内部に見えるのは)懐妊の瞬間の前でさえあり、懐妊に先立ったものすべて、アフリカについての記憶のなかにあるものすべてなのだ。散乱した、観念的な記憶ではない。高原地帯のイメージ、村々のイメージ、老人たちの顔、アメーバ赤痢に冒された子供たちの大きくなった眼、こうした身体すべてとの接触、人間の肌の匂い、愁訴のささやき。それらすべてにもかかわらず、それらすべてのせいで、こうしたイメージは幸福の、この私を出生させた充溢の、イメージなのだ。

　この記憶はさまざまな場所に、山々の輪郭に、高地の太陽に、朝の空気の軽やかさに、結びついている。二人が二人の家にたいして、あの乾燥した土と木々の葉の小屋にたいして、毎日、女たちと子供たちが地面にじかに腰をおろして坐りこみ、診療の時間、診断、ワクチンを待っている中庭にたいして、二人が抱いていた愛に。二人を住民たちに近づけた親愛の情に。

（『アフリカのひと』傍点引用者）


　母の胎内から産み落とされた瞬間が「誕生」なのではない。母と父とがむつみあい、すべての記憶が濃密に攪拌し、彼らと彼らを囲むものからそそがれ、待ち望み、その場において受け継がれた一瞬こそが「誕生」であるとする思想は、「人間」を連続性の存在として真摯に捉えようとするものである。もしもそうした考えに準ずるならば、我々「人間」は偶然の海に船出する孤独なモナドではなく、「誕生」以前の記憶を受け継ぎ、またぜひとも受け継がねばならぬ者たちだ。

　翻訳者の中地義和がいうように、ある時期以降の作家ル・クレジオの営為は、「読書が彼の想像力に開示した文化的他者と現実的関係を取り結び、幼時のアフリカ体験を記憶のなかで発酵させ、現実性を奪われ夢の次元に追いやられていた「島」（モーリシャス）をふたたび現実の土地たらしめる作業と一体をなして」おり、「想像・記憶・夢の次元を現実の次元と架橋する作業と切り離せない[*20]」ものになっている。ル・クレジオにとって、「誕生」以前の過去の記憶や歴史との連続性は、決して切断されてはならぬものなのだ。（そして、この連続性こそが記憶のリレーであり、時間のリレーであり、歴史を歴史たらしめる根拠であり、実存の秘密なのだ。）

　ル・クレジオは、八〇年代以後「フランス語圏作家」に分類されることもあったが、近年の仕事内容から鑑みれば、あるいは「アフリカ文学圏作家」に位置づけることも可能かも知れない。彼は、民族母語で書くアフリカ作家たちのように西洋言語を拒絶した履歴を持たないが、西洋言語で書くことへの違和は、すでに物心がついたころから彼の内部に確実に萌していたはずである。彼も言う。「フランス語で書くことは私にとって美的な選択以上のことを意味しており、むしろ、イギリスの支配に抗してモーリシャス島の旧支配者層の側に立つことを意味していました」と。英語も得意であった彼にとって、フランス語で小説を書くということは決して自明の行ないではなく、そこにはつねに政治的な力学や共同体における文化、民族、記憶と歴史の問題が反映していた。つまり彼の作家人生においては、じつは使用する言語と自己存在との間に安定した統合感（一体感）が得られることはほとんどなかった――ちょうど在日外国人作家のように――ということだ。ただ彼は、アフリカの若手作家たちとは異なり、その違和感（疎外）がもたらす不安の解決を、彼自身の中心――さらなる彼の内部――に向かって探し求めようとした。それはあてどない、しかしどこまでも活力に充ち、そして厳しく倫理的で、痛切な具体化への意志をともなう始原への羈旅《きりょ》であった。『アフリカのひと』の冒頭は、次のような記述から始まっている。

　どんな人間存在もすべてひとりの父親とひとりの母親による結果である。彼らを認めない、彼らを愛さないということはあっても、彼らを疑うわけにはいかない。とにかく彼らはいるし、彼らの顔、態度、物腰、癖、幻想、希望があり、彼らの手の形と足の指の形、眼の色と髪の色、ものの言いかた、考え、おそらくは死のときの年齢があり、それらすべてが私たちのなかに受けつがれているのである。私は長いこと母が黒人であればいいのにと望んでいた。物語をひとつ、過去をひとつ自分で拵えて、私がアフリカから、誰ひとり知るひともなく、他所者になってしまったこの国へ、この町（ニース）へ帰ってきたという現実を逃れようとしたのだった。ついで父が退職の年齢になって、フランスへもどってきて私たちと一緒に暮らすようになったとき、父のほうがアフリカ人なのだということを私は発見した。それは承服しにくいことだった。私は後もどりし、やり直し、理解しようと試みなければならなかった。

（『アフリカのひと』括弧内引用者）

アイデンティティあるいは中心への志向を、すぐさまナショナリズムや民族主義、原理主義などにからめて断罪的に批判したがる人たちがいるが、それはまったく迂《う》闊《かつ》なことというほかない。思うに、二十世紀を席捲した「脱構築」や「周縁」の思想は、かえって「人間」への理解を即物的でフラットなものに後退させ、愛・罪・倫理についての概念をじつに底浅い事象に変じさせてしまった。実際、ル・クレジオもいうように我々人間を相対化し解放する「他なるもの」は遠い彼方にあるのではない。「それはすぐそばにある」「目で見て簡単にわかるすぐ近くの場所にある」のだ。自らの〈生〉の具体をたどり、始原に遡ることで薄明の記憶を追い求めたル・クレジオは、決してノスタルジックな夢の世界への回帰を望んでいたわけではない。彼が取り戻そうと試みていたのは、〈生〉の途上で見失いかけていた過去という「いまならざる時[*21]」とこの現在とを結ぶ記憶の紐帯であり、また、それを可能にする倫理的にして実存の痛みをともなう彼の眼差しなのである。

（本稿は拙著『中心の探求』（学藝書林）の序文にあたる。叢書出版が非常に遅れたために、拙著の方が先に出版されることになってしまった。）

註

（1）J・M・G・ル・クレジオ「地上の見知らぬ少年」『現代詩手帖特集版　ル・クレジオ　地上の夢』二〇〇六年十月。

（2）フィリップ・ゴーレイヴィッチ『ジェノサイドの丘』（上・下）、柳下毅一郎訳、WAVE出版、二〇〇三年。

（3）『ホテル・ルワンダ』二〇〇六年一月発売、販売元＝ジェネオン・エンタテインメント株式会社。

（4）『ルワンダの涙』二〇〇七年九月発売、販売元＝エイベックス・マーケティング。

（5）ビル・アッシュクロフト『ポストコロニアルの文学』（青土社）木村茂雄訳、一九九八年十二月。

（6）同前。

（7）宮本正興『文化の解放と対話』（第三書館）二〇〇二年四月。

（8）～（10）同前。

（11）アスマラ宣言概訳「アフリカの諸言語と文学に関するアスマラ宣言」　http://www.asahi-net.or.jp/˜ls9r-situ/asmara-j.html

（12）楠瀬佳子「南アフリカの言語政策――マルチリンガリズムへの道」『京都精華大学紀要23号』二〇〇二年。

（13）（7）に同じ。

（14）グギ・ワ・ジオンゴ『精神の非植民地化』（第三書館）宮本正興／楠瀬佳子共訳、一九八七年六月。

（15）スラヴォイ・ジジェク「多文化主義、あるいは多国籍資本主義の文化の論理」『批評空間』18（一九九八年）。

（16）第三、第四世代の作家ではないが、たとえばブバカル・ボリス・ディオプ（セネガルの小説家、脚本家、現在62歳）のような作家がルワンダの大虐殺を、その虐殺の渦中にあった人々の証言で構成した小説『Murambi,The Book of Bones』を二〇〇〇年に上梓している。

（17）本論稿を脱稿して数日後に、ル・クレジオがノーベル賞を受賞した。

（18）ル・クレジオ『アフリカのひと　父の肖像』（集英社）菅野昭正訳、二〇〇六年三月。

（19）同前。

（20）J・M・G・ル・クレジオ「他なるものはすぐそばに」（『現代史手帖特集版　ル・クレジオ　地上の夢』二〇〇六年十月）に付記された翻訳者中地義和の解題。

（21）J・M・G・ル・クレジオ「地上の見知らぬ少年」。ただし『現代史手帖特集版　ル・クレジオ　地上の夢』所収のジャクリーヌ・デュトン「再生の幼年時代」（田中琢三訳）からの孫引きになる。

悲しみの系譜
——金鶴泳『土の悲しみ』と李優蘭『川べりの家族』『土』

小林孝吉

在日の作家で四六歳のときに自ら命を断った金鶴泳の遺作『土の悲しみ』を、何度繰り返し読んだことだろう。そのたびに、「心の色は絶えず移ろい、定まるところを知らない」と書く彼のエッセイ「心はあじさいの花」のように、いつもその作品は微妙に変化していく。だが、ただひとつ、その作品深くを静かに流れつづける〈土の悲しみ〉は、心の変化とともにさまざまな陰影をもって私に迫ってくる。それは個人の存在の底を、同時に歴史や民族の深層を流れる〈悲しみの系譜〉、あるいは〈悲しみの水脈〉のようなものかもしれない。そして、その悲しみを乗せた〈舟〉は、いつか和解の海へとたどりつくのだろうか……。

金鶴泳は、在日朝鮮人として一九三八年に群馬県多野郡新町に生まれ、東京大学工学部を経て同大学化学系大学院を修了した年に、自らのトラウマであった「吃音」と「孤独」をテーマにした『凍える口』(『文藝』一九六六年一一月号)で作家として出発する。以後、彼は『遊離層』(一九六八年)、『錯迷』(一九七一年)、『冬の光』(一九七六年)、『鑿』(一九七八年)、『序曲』(『統一日報』に一九八四年から連載され、一三五回で死により途絶)などの作品を書き、死後「土の悲しみ」(『新潮』一九八五年六月号)が遺作として発表された。

また、一九四六年東京都に生まれ、定時制高校出身の在日二世の作家李優蘭には、金物商でかろうじて生計を立てる在日朝鮮人家族の生活をつづった『川べりの家族』(山梨日日新聞社、一九九五年)という小説がある。『土の悲しみ』は、T大学生を主人公とし、『川べりの家族』は貧しい在日家族を描いているが、その対照的な二作品を相互に流れているものこそ、民族を背景にした悲しみの系譜のような悲哀と疼きの感情ではないだろうか。

『土の悲しみ』の主人公・松村(李)仁一は、日暮れ時にはきまって「どこからくるとも知れぬ疼きにも似た辛さの感情」に襲われ、それは耐えがたい苦しみとなってつづいていく。その疼きの淵源について、李はこういう。

――「ぼくは、暗い家庭に育ちました。冷たい家庭、寂しい家庭などというものではなく、母に対する父の暴力の絶えない、恐ろしい家庭に育ちました。そして、疼きの感情の由来の根源は、どうやらその辺にあるように、ぼくには思われるのです」と。このような〈疼き〉の感情（＝傷みの記憶）ほど、深く怖ろしいものは少ないのではないだろうか。

主人公の一家は、一九二三（大正一二）年、祖父と三一歳の祖母、それに父と叔父の二人の子どもが日本に流れてきたのである。そのとき、祖父と父は茨城県内の飯場に住み、祖母は一人前橋の製糸工場に女工として住み込む。まだ一二歳であった〈ぼく〉の父は、祖父とともに河原で砂利ふるいなどの仕事をして自分と弟の生活を支えたという。祖国朝鮮を離れ、ここから李一家の不幸な生活がはじまったのだ。

敗戦後間もなくの〈ぼく〉が幼い頃は、父はリヤカーを自転車の後ろにつけ近隣の町や村を回り、鉄屑、空き瓶などを集め、それを問屋に売る仕事をしていた。そんな父を、この朝鮮人一家はどれほど怖れたことだろう。ささいなことで起こる父の母への殴打などの凄惨な暴力を前に、〈ぼく〉と幼い妹には身を震わせる日々がつづく。

――「ぼくの育ったのは、そんな家庭でした。父が母に加えた暴力は、それがまだ神経の幼い子供の目の前で展開されただけに、そのひとつひとつが、ぼくの心に傷痕となって刻みこまれたような気がします」。

そんな父の姿は、自分の父親で嫌悪した祖父と重なっている。酒と暴力に明け暮れた祖父のもとで、父にも「家庭」というものがなく、それを〈ぼく〉はこう思う。「父もまた土の悲しみを、愛に恵まれぬ悲しみを舐めつつ生きてきた人間です」と。また、父の弟である叔父には、父は苦労して教育を受けさせ自動車工場に就職させたが、事故で片目と片方の手の指を二本失い、結核にまで侵され父のもとに戻ってきたのである。父が愛した叔父は、最初山の療養所で治療を受けるが、家で死にたいという希望をかなえるために、父は家の二階の奥を病室にして、食事から排便まですべて面倒をみる。だが、叔父は一九四二年二七歳の若さでこの世を去ったのである。この祖父の悲しみの水流は父へ、若くして死んだ弟へ、そして疼きとともに生きる〈ぼく〉へと流れ継がれていく……。その悲しみの川の水源地は、土の悲しみのただなかで三三歳で死んだ〈祖母〉の存在なのだ。

祖母は、日本という異郷で一人女工として働き、「朝鮮へ帰りたい」と願いつつも果たせず、郷里の町の踏切で自分から飛び込んで鉄道自殺を遂げたのである。その祖母には、写真一葉さえなく、戒名を記した位牌以外には何ひとつ祖母を伝えるものは存在しない。遺骨さえも、踏切の近くに墓標もなく埋まられたまま行方不明となっていたために、後年つくった墓には、その付近の〈土〉を一握り骨壺に入れたのである。「祖母は、犬のように埋められました。遺骨のありかさえわからなくなってしまった祖母は、人に想われる、つまり愛から最も遠く隔たったところで果てた人でした。遺骨代わりに骨壺に納められた土は、愛から見放された人間の悲しみを、いまも訴え続けているようにぼくには思われてならないのです」。

そんな祖母については、〈ぼく〉はこう回顧する。

いまにして顧みれば、スリコギ棒が折れてしまうほどの暴力を母の頭に振り下ろしていた父の、その狂気の淵源は、結局、祖母の土の悲しみにあるのではないか、という気がぼくにはするのです。そして、土の悲しみは、国を失った民族の悲しみを象徴しているといえないでしょうか。祖母が死ぬことによって逃れたその悲しみを、父は、無意識のうちにも凶暴な怒りを発揮することによって振り払おうとしたのではないでしょうか。

いずれにせよ、祖母の無残な、そして叔父の無念な死について考えるとき、ぼくは、民族の運命と深く結びついている人間の運命というものを思わずにいられないのです。(『金鶴泳作品集成』)

正月の四日、疼きの果てに自ら死を選んだ作者金鶴泳も、まさに祖母の、民族の土の悲しみをもっとも深く感じつつ生きた在日朝鮮人の一人であろう。

『土の悲しみ』は、そんな祖父、祖母、父、母、叔父の悲しみの系譜に連なる在日の〈ぼく〉が、T女子大の学生で日本人の〈あなた〉への愛とその失恋を物語の軸として展開している。小説は、九年前に知り合ってから四カ月後、〈あなた〉がT女子大のコーラスグループの「メサイア」定期公演を〈ぼく〉が聴きに行った描写からはじまり、二人とも同じ郷里の町出身を機縁とした出会い、〈ぼく〉の〈あなた〉への愛、〈あなた〉の就職、婚約、「墜落感」のような失恋へとつづいていく。二人は、〈ぼく〉が朝鮮人であることを捨象したまま、月に一、二度逢い、音楽、映画、散歩などを繰り返すが、最後は〈あなた〉を失い、一人雪の浅間山の山頂に立つことで、〈ぼく〉の〈あなた〉への愛は終わりを告げる。

その後、〈あなた〉は同じ商社の人と結婚してニューヨークへ赴任し、やがてマンションから飛び降りて自殺してしまう。それを知った〈ぼく〉は、こう想う。——「祖母の場合とあなたの場合と、時代状況も事情もまったく違うけれども、もしかするとあなたの結婚生活も、意外と愛に充たされてはいなかったのではないか、そんな疑念が生じてきました。(中略)あれこれ想像をめぐらせているうちに、何だか、見も知らない祖母の顔に、次第にあなたの顔が重なって行くようでした」と。

鉄道自殺の果てに遺骨さえ行方不明となった祖母の〈土の悲しみ〉は、弟の叔父を亡くしてから憤怒を暴力として母に向けた父へ、そして疼きの感情にとらえられた〈ぼく〉へと流れつづけ、それは民族の悲しみではないが、〈ぼく〉が愛した〈あなた〉の悲しみともふれつつ通じていく。あるいは、人はときとところを選んで生まれることができない以上、それぞれの〈土の悲しみ〉を生きているのかもしれない。最後に、この〈土の悲しみ〉は、『土の悲しみ』の作者金鶴泳の自殺へと行き着いたのだ。

一方、同じ在日の作家李優蘭『川べりの家族』は、くず鉄や銅など金物を買い取る古物商を営んでいて事故死した父の三三回忌の法要が品川の菩提寺で行われたときの描写からはじまっている。母と七人の姉弟、それぞれの家族が顔をそろえたとき、ふさぎ込んでいた母が、ぽつんとこういう。「……何で、あんなにお前たちをぶったんだろう……」と。そして、物語はすぐに、三十数年前の忘れることのできない、ある一日の光景へと戻っていく――。

一九五九年一二月、東京湾に臨む漁師町。小学校六年生の〈私〉が家に近づくと、四人の男（刑事）と母が庭先で話し込み、そのなかに家族と親しくしていた「順さん」という青年がいた。〈私〉はつい、「おにーちゃん」と声をかけてしまう。ところが、彼が売りにきていた銅線は盗品で、母も共犯の疑いをかけられていたのである。この物語は、父の死以後、この日までの母と一八歳の姉、妹、弟たち川べりに住む貧しい在日朝鮮人家族の悲しくも、心の芯の美しさをひめた人々が織りなす日々がつづられている。

古物商の仕事は、母一人に子どもたちが手伝って、次のように行われる。――病弱な母は、縁側に寄せて布団を敷き、床のなかで客を待つ。たまに、客がトラックで鉄くずを持ち込む音を聞きつけると、信じられないほどの敏捷さで庭のハカリに小石をはさみ目方を軽くする細工をする。客は、思ったより少ないのを訝しく思いながらも、母に納得させられてしまう。それから、母は〈私〉に客へ支払うお金を借りに、近所の商店街を走りまわらせる。いつも客に支払うお金の用意がない商売なのである。代金を客に払ったあとは、姉と〈私〉と弟はリヤカーでそれを問屋へ売りに行く……。

問屋に行った帰りは、姉が空になったリヤカーの荷台によく私と弟を乗せてくれた。二人はいつも後ろ向きに足を下げて座った。リヤカーは夕暮れの国道に長い影を落としながらまっすぐ北に進み、警察署の角を川に沿って右に入る。（中略）私と弟は揺れる車体に身をゆだねながら、裾野の方までなだらかな広がりを見せる夕映えの富士を、瞬きも忘れて眺め入る。そんな弟の横顔も、リヤカーを引く姉の少しうつむきかげんの背中も、どこか物寂しい茜の色に染まっていた。（『川べりの家族』）

　そんな生活をつづけるうちに、客が来なくなると、すぐに暮らしは極度に追いつめられてしまう。貧窮に喘ぐ母は、高校も行けずに家事全般をこなす優しい姉を叩き、姉はどんなに叩かれてもじっとがまんしている。それを見て、〈私〉は母に声を限りに叫ぶ。「母さんなんか、死んだ方がいい！　私たち、孤児院に行くよ。こんな家、もう嫌だ。もう、いやだー！」と。その夜、母だけが眠らずに一人布団の上に座り、姉がときどき頭を上げてそっと見る。それから母は盗品と思われる品物まで買い取るようになり、病気の母親をかかえる「順さん」とともに警察へ連行されてしまう、ちょうどこの日を迎えるのだ。

　その寒い夜、〈私〉たちは庭のドラム缶で火を焚き、ひたすら警察から母が帰るのを待つ。そのとき、大学をあきらめて高校の退学手続きをした姉は「私なんかの何倍も、母さんは苦しんでいるのよ」といい、生まれたばかりの弟を抱いて線路に座って自殺しようとした事実を〈私〉にはじめて告げ、こうつづける。「そのうちだんだん、母さんから怒られたりぶたれたりしている時、辛いんだけど、心が安らぐようになったの。優子には理解出来ないかもしれないけど、その時だけは母さんが『絶対に死なない』って確信出来るでしょう」と。

　残ったまきをまとめて火にくべると、音をたてて火柱があがる。〈私〉はくるくる回る炎の影を見ながら、遠い日の懐かしい風車を、父を、幸せだった日々を想いだす。――父が庭で何かを解体する音、台所のまな板の音、それらが風車のように回る。夜空には、おびただしい星々がきらめく。最後では、暗闇のなかに母の帰る気配を感じ、〈私〉の胸は苦しくつまる――。

　その時、何の脈絡もなく唐突に、世界中のありとあらゆるものに向かって「詫びたい」、と思う気持ちが沸き上がってきた。

　母に対しても、父にも、姉弟たちにも……。これまでに食べてしまったあらゆる生き物にも、解剖で死なせたかえるにも、踏んでいたであろう道をはうありたちにさえも、両手を広げて乞いたいと思った。

……母が、母が帰って来る！……（同前）

　ここには〈和解〉への予感がある。

　この〈私〉の両親は、植民地下の朝鮮で育った一世であり、母は生まれてすぐに生母が亡くなり、母方の実家に預けられ、父は子どもの頃両親が離婚して継母に育てられる。そんな二人は慶尚南道で所帯をもち、二人の男の子が伝染病で死んだのを機に、日本へ逃げるように渡ったのである。父の死後、母の絶えざる暴力も、自殺を試みる絶望も、金鶴泳『土の悲しみ』の祖母の〈土の悲しみ〉と一脈通じていないだろうか。そして、それは多くの戦争の死者や、傷みの記憶を生きる「慰安婦」のハルモニたちの悲しみともふれあうであろう。

　また、李優蘭には在日女性文学誌『地に舟をこげ』第三号に掲載された『土』という作品がある。『土』には、主人公〈私〉が中学二年生のときに、新聞配達で貯めたお金で北海道に一人住む強制連行された祖父《ハラボジ》を訪ねる場面がある。ハラボジは、地平線を燃えつくすような夕陽のなか、とうもろこし畑で〈私〉にこう語る。――「人はタレも、生まれてくる国を選ぶことはテキないけトなぁ、トコテ生まれても、トコテ生きても、この土の上テハ、みんな同チ兄弟なんタよ」と。

『土』は、夫の故郷で焼肉屋をはじめた在日の夫婦が、国籍を理由に信用金庫の融資を断られる場面からはじまっている。夫の正一は、この店をはじめる前、大学卒業後の就職活動では、「日本国籍を有する者」という企業の規約にはずれていたため、すべての履歴書が返送されてしまう。また、〈私〉にも遠い日の教室での辛い記憶がある。――ある日、担任の女の先生が、黒板の真ん中に「李瑛子」と大きく書いて、これはだれですかと問う。生徒たちからは、「朝鮮人の名前だぞ」「野蛮人だ!」などという声が飛び交う。そのあと、〈私〉は朝鮮人臭いから消毒しようという男子の企みで、洗面器に入ったクレゾールが一瞬のうちに顔面にかけられる。気がつくと、〈私〉は自分で教室から花壇に飛び降り、口のなかを六針縫い、歯も二本折れたのである。北海道を訪れたのは、それから二年後のことである。

　とうもろこしの収穫に精をだすハラボジに、〈私〉は次々と問いをなげかける。――どうして北海道に住んでいるの、なぜいじめられるの、朝鮮は野蛮な国なの……と。ハラボジは、苦渋の表情を浮かべ遠い昔を思い出すようにしてこういう。――タレも、好きで日本に来た訳チャアない、ウリナラが侵略されて、男たちが強制連行されて、ワシも野良の帰りに突然捕まって、北海道の炭鉱へ……と。そして、〈私〉は雑草の生い茂る土の上に寝転がって空気を吸い込み、「土って匂うんだね、ハラボジ」というと、次のようにいう。

　「そうタよ。土はなぁ、人間もトゥプツ（動物）も、草も木も、みんな同チように育ててくれるんタよ。大昔からなぁ……。生きたものたちの匂いタよ。そうしてな、土は、何もかも、みんな包んテ、ひとチュにチュナカッて（繋がって）いるんタ」（『地に舟

をこげ』第三号、二〇〇八年一一月一〇日発行）

金鶴泳『土の悲しみ』で骨壺に納められた〈土〉は、北海道の大地でハラボジの耕す〈土〉でもある。また、鉄道自殺した若き祖母の〈土の悲しみ〉は、悲しみの系譜として、〈ぼく〉の父へ、李優蘭『川べりの家族』の母へ、そして『土』では強制連行されたハラボジへと流れつく。そのとき、土の悲しみは純化され、人間、動物、草、木を育み、すべてのものをひとつに繋げるいのちとなるのだ。

だが、アジアの歴史には、いまだ土の悲しみの底で癒されることのない無数の日本による戦争の死者が、強制連行されたハラボジが、性奴隷にされた慰安婦のハルモニたちがいる。――和解への道のりは遠く、同時に近い。

暴力表現の根拠へ
——C・N・アディーチェ『アメリカにいる、きみ』

喜谷暢史

はじめに

例えば、言論の不均衡*[1]を語るうえで、二〇世紀の報道をリードした『LIFE』の写真集を紐解いてみよう(『LIFE　AT　WAR』タイムライフブックス　一九七五)。スペイン市民戦争から始まる壮大な戦争絵巻はヨーロッパ戦線の終結から大日本帝国の滅亡へ、第二次世界大戦後の冷戦の下では代理戦争の場はアジアへと転じていく。戦争とは西欧社会を破滅に導く災厄であり、人類が克服すべき課題であった。革命と戦争の世紀であった前世紀を改めて見直す時、やはり語られる言論の多寡から、西欧中心主義の世界のあり方が否応無く浮かび上がってくる。常に忘れ去られているのは、「局地戦争」と巻末で一括りにされた、様々な辺境の地での争いである。

そして本稿の中心的話題である、ビアフラ戦争は——ビアフラと言えば、紋切り型なイメージといっていい、栄養失調のために腹の膨れた子どもの写真が想起されよう——ここでは、民兵募集に殺到する裸の群衆のカット一枚のみである。これとて、イタリアのカメラマンがナイジェリア政府の情報操作や監視の目を逃れてものにした一枚であった。

九〇年代に起こったルワンダの虐殺*[2]にせよ、九・一一以前のアフガニスタンにせよ、我々は何一つ知らなかった。この二つに関しては映像作品(前者は『ルワンダの涙』、後者は『カンダハール』など)があらわれ、一時のトレンドとして消費される危険性はあるものの、物語は始まろうとしている。数値には還元されない戦いを語ることが。

個でなく総量としての死者や、語られる言論の多寡という「数に抗して」*[3]、ここでは、その声なき声、言論の不均衡、その抑圧の形態を表現として結実させた作家と、日本の言論の状況とを比較し、暴力表現の根拠に向かう試みを始めてみたい。

『アメリカにいる、きみ』――日本の作家の反応

『アメリカにいる、きみ』はチママンダ・ンゴズィ・アディーチェの本邦初の作品集である。一読者としては、「神奈川大学評論」(五一号　〇五・七)に掲載された、『半分のぼった黄色い太陽"Half of a Yellow Sun"』がその作品に触れた最初であった。ビアフラという記号も、内戦で一〇〇~二〇〇万人の犠牲を出したという「数値」に過ぎない。その「数値」を、親の世代の記憶を召喚させることによって形にしたのというのが、アディーチェの仕事に他ならない。

アディーチェは一九七七年、ナイジェリア南部のエヌグで生まれ、イボ民族の出身である。ナイジェリア大学で医学と薬学を学んだのち一九歳で渡米し、ドレクセル大学、東コネティカット大学でコミュニケーション学と政治学を学ぶかたわら、小説を発表している。二〇〇三年にO・ヘンリー賞、PEN/デイヴィッド・T・K・ウォン短編賞を受賞、二〇〇五年コモンウェルス賞を受賞した初長編『パープル・ハイビスカス』に続き、ビアフラ戦争をテーマとした長編『半分のぼった黄色い太陽』(作品集に所収のものとは別作品)は二〇〇七年オレンジ賞を受賞している[*4]。輝かしい経歴を持つ、若き俊英の誕生といっていいだろう。

奇妙な現象だともいえるのが、内戦や抗争を題材にしたこの作品集を日本人作家がこぞって称揚している点である。先走っていうなれば、その賛辞のあり方が、どこか微妙な点において中心を外していることもまた特徴的であると言わざるを得ない。それぞれ長いが引用する。(以下傍線引用者)

国家的・国際的な状況と悲哀に満ちた個人の運命が右と左から寄り添って、ふっと像を結ぶ。新聞でいえば国際面と社会面が重なり合う。

ビアフラというキーワードを覚えているだろうか?　ナイジェリアの一地域で、地下資源が豊富。それゆえにかつて先進国の思惑に翻弄され、独立を志して内戦を引き起こし、つぶされた。包囲された日々の苦難を描くのが「半分のぼった黄色い太陽」。これは一九六七年から一九七〇年にかけてのことだから、作者が生まれる十年前の話。自分の移民体験だけでなく、世代を超える大きな構想力がこの作家にはある。

すべての作品に共通する主題は誇りだ。どの話でも主人公はとてもむずかしい場に立たされる。そのむずかしい場は、暴力に満ちたナイジェリアの政治状況や、普通のアメリカ人の無知と偏見や、女に対する男の支配欲が生み出すものだ。その種の理不尽

な力に追い詰められて、最後のところで、主人公はすっと立ってすべてを捨てて歩み去る。それが誇り。（略）

名前は誇りを支えるものだ。「新しい夫」という話の中で、主人公はアメリカに渡ってオフォディレからデイヴと名を変えた新婚の（ほとんど書面の見合いによる結婚の）夫に、自分もチカからアガサに変えさせられる。その屈辱。創氏改名の屈辱。

（池澤夏樹「私の読書日記　ナイジェリアとアメリカ、牛を飼う、豆腐」週刊文春　〇七・一一・一五）

池澤のいう「創氏改名の屈辱」とは、アメリカへの同化をむしろアフリカ出身の「新しい夫」であるオフォディレ（＝デイブ）が促すという転倒を指す。仮に植民地主義的問題の名付けをめぐる寓話といってよいが、『新しい夫』は軽いタッチでその重いテーマを描いた秀作である。問題は池澤が「誇り」というキーワードにアンソロジーのテーマを集約させるのみであることで、作家が内戦を描いたこと自体には深く言及しないことである。

戦争、虐殺、暴動。そうしたものが小説に描かれるとき、とくに語り手（もしくは書き手）の体験として描かれるとき、どうしてもそれらが大きな位置を占めてしまう。戦争や虐殺といったものはあまりにも巨大で重いからだ。そうすると必然的に小説は悲惨な騒音を発することになる。

ナイジェリア人の作者の短編集『アメリカにいる、きみ』は、しかし、戦争、虐殺、暴動、闘争を扱っていながら、一貫して小説がしんとしている。それらが小説内の主要な位置を占めていないのだ。作者が描くのは、悲惨な体験ではなく、それを余儀なくされた「人」だ。この短編集を読んでいると、戦争や貧困の渦中にいる人間が、いかに静かにそれを受け入れてしまうかがわかる。それらは、恋や結婚や、出産や引っ越しといった日常の営みと、かなしいまでに等しい経験でしかないのである。

「スカーフ——ひそやかな体験」が、秀逸である。おばさんの家を訪ねた女子大生が、市場で暴動に巻きこまれる。逃げこんだ廃屋で、異なる宗教を持つ異なる民族の女性と出会い、数時間を過ごす。暴動が起きなければ出会わなかった人、交わさなかった言葉が、慎重なほどの静けさのなかに描かれる。その他の短編と同じように、ここに描かれているのは悲劇ではない。ひとつの「体験」である。私たちは、痛みやかなしみといったあまりにも個人的体験を人と共有することはできないが、人はこのようにして触れ合うことができる。全作、舞台設定はかなしみと、抑えた怒りに満ちているが、そこで生きる人々の姿は、強い光りに包まれている。

（角田光代「サンデーらいぶらりぃ・評『アメリカにいる、きみ』、絵本『リリアン』」サンデー毎日〇七・一一・一一）

角田がいうように、「戦争や貧困」が、「恋や結婚」「出産や引っ越し」と同等であるかどうかはここでは問わない。しかし、評者は作品内の暴力性や体験を意図的に閑却し、良くできたストーリーとして消費することを読者に促しているかのようにも見える。作家の力への畏怖なのか、歴史を問うこと自体の忌避なのか、戦争という「重い」問いは回避され、「悲惨な騒音を発する」ことなく「一貫して小説がしんとしている」点を評者は持ち上げている。

（略）チママンダ、という彼女のファーストネームは「わたくしの神は倒れない」という意味で、その名が力を与えたのか、一読して、若くて強い。アメリカに渡ったナイジェリア人の青年が、白人女性のバス運転手にほのかな恋をする「ここでは女の人がバスを運転する」が、もっとも弱くて、気に入った。いちばん最後に収録されている「ママ・ンクウの神さま」は、イボ族の父と英国人の母を持つ女性文学者が、仲のよい女子学生から問われるままに、父方の祖母の思い出を語るお話。主人公は子供の頃から英語とイボ語の両方を話し、祖母は〝目に見える神さま〟と〝目に見えない神さま〟を持っていた。植民地化によってハイブリッド化されたイボ族の宗教や文化について、実は同性愛者であるらしい主人公が、白人の女子学生への恋心を隠しながら語るという複雑な構成が、びっくりするほどさらさらさらりと、それでいてウィットに富んだ筆致で描かれる。とても頭のいい作家だ、と感じた。

（桜庭一樹「リレー読書日記」週刊現代〇七・一一・二四）

池澤、角田、桜庭の三者に共通するのは、先に述べたように作品を評価する上で、作家のおかれた状況を知的に理解しておきながら、どこか大事な中心を外しているかのような印象を受ける点である。特に最後の桜庭の場合などは顕著で、いわば「小さな作品」ばかりを評価対象としており、歴史と暴力性への忌避は確信的ですらある。次章で筆者が論じるのは、先に挙げた三者が避けていた表題作等、暴力性の根拠を問う方向にある中心的作品についてである。

中心的作品について

書評で論じられていない作品の方が、「重い」要素を有し、いわば「悲惨な騒音」を内包している。表題作『アメリカにいる、きみ』は、ラゴス（ナイジェリアの首都はアブジャ）からおじさんを頼ってアメリカへ留学する女性を描く物語である。中心的人物の女性の一人称の小説ではなく、語り手はやや距離を置いたところから優しく寄り添う形で二人称の「きみ」について語る。おじさんは「ギブ・アンド・テイク」という「アメリカ」の流儀で、面倒を見るかわりに身体を「きみ」に要求するが、「きみ」はそれを拒否し、家を追い出される。コネティカットでアルバイトをしながら留学を継続しようとするが、様々な偏見やトラブルを前に「窒息するほど」の違和感、「首に巻きついたもの」に苛まれる。

やがて「きみ」には白人の恋人（「アフリカ」に対し、偏見のない理解者）が現れ、自分の居場所がアメリカの中に見えてくるにしたがって「首に巻きついたもの」は消えて行く。そして、決して書けなかった故郷への手紙が書けるようになるのだが（アルバイトから送金のみしていたが）、そこから物語は急速に軋み始める。

ついにきみは家に手紙を書いた。首に巻きついたものがほとんど完全に消えたように思えたときだ。ほとんど。両親と兄弟姉妹にあてた短い手紙をパリパリのドル札のあいだに滑り込ませた。自分の住所も書いておいた。ほんの数日後に、宅配業者が返事を持ってきた。手紙は母の自筆だということが、よれよれの字体と誤字からわかった。

お父さんが死んだ。タクシーのハンドルにおおいかぶさるようにして。もう五ヶ月になる、と母親は書いていた。送ってくれたお金でちゃんとしたお葬式を出せた。客のために山羊を屠り、ただの板きれではなくて、本物の棺で父親を埋葬した、と。

「アメリカにいる」ことによる違和感である「首に巻きついたもの」が「ほとんど」なくなったとき、「きみ」は父親の死を知ることになる。アメリカでの「きみ」の生活は一種の虚栄といってもよいが、その背後、奥底にあるナイジェリアの貧困の中で、父親は非業の死を遂げる。帰国する「きみ」には、グリーンカードが1年以内に戻ってこなければ失効するという現実が横たわっている。「もどってくるよな?」という恋人に対して、「きみ」は答えることができない。そして、恋人と一緒ではなく「ひとりで帰らなければ」ならないという決意のもと帰国する。

「首に巻きついたもの」が消滅して行く物語は、一種「アメリカ」社会との融和、和解を思わせるが、「間の存在」である「きみ」はどちらかに属すという結論を持たずに物語は幕を下ろす。池澤のいうように、この結末を「誇り」といってもよいが、融和や和解を拒否せざるを得ない「間の存在」としてのなせるものといえるだろう。

作品集の最初に収められた『アメリカ大使館』は、難民ヴィザを申請するためにラゴスの米国大使館の前に並ぶ女性が語り手の物語である。彼女の夫は、「民主制を擁護する報道機関」である「ニューナイジェリア」の発行者である。「国の指導者の命令で殺された四十五人の名前をあげながら夫が書いた最後の記事」を「ＢＢＣアフリカ」がニュースにし、「亡命中のナイジェリア人政治学教授」が「（彼女の夫は）人権賞を受賞する価値がある」と激賞したことで、事態は一変する。夫が「アメリカ」へ避難する間に、彼女の自宅は何者か（政府機関の人間？）に襲撃され、あっけなく子どもが殺される。小説の時間の流れは、大使館に並ぶという実時間だが、ときおり挿入される回想で、その子どもの死が語られている。彼女は苦労して、順番を待ちヴィザ面接官の前に立つが、「子どもの死」によってヴィザが下りることへの違和感を常に抱いている。（「身の安全をはかるヴィザのために、ニャムディのことをベラベラしゃべって売り渡すくらいなら……。」）彼女の身に起こった「子どもの死」という不幸を政治的事情として説明できれば、おそらくヴィザは下りるのだ。しかし、彼女の未来の選択は違っていた。

突然、彼女はヴィザ面接官に、「ニューリイジェリア」の記事は子どもの命を犠牲にするほどの価値があるのか、ときどきたい衝動にかられた。彼女の夫がしたことは勇敢な行いなのか、ただの無鉄砲なのか。でも彼女はきかなかった。ヴィザ面接官が民主制を擁護する新聞のことを知っているかどうか疑わしかったから。大使館の門の外の交通遮断区域にできた長蛇の列のことを、木陰ひとつなく、容赦なく照りつける太陽が友情と頭痛と絶望をつくりだしていることを、このヴィザ面接官が知っているかどうか疑わしかったから。

「あのね、あなた、合衆国は政治的迫害の犠牲者に対して新生活を保証しますが、それには証拠が必要なんです……」

新生活。彼女はイコイ墓地にイクソラの花を植えたかった。針のように細い花の軸を、子どものころによく吸ったっけ。植えるとしても一本だけ――あの子の墓地はとても狭いから。花が咲くと蜜蜂がやってくる、その花を摘んで、彼女は泥のなかにしゃがみ込んで吸いたかった。あのあとで、吸った花をひとつひとつ並べたかった。ニャムディがレゴブロックでやったように。それが彼女の望む新生活だった。

自由を保障する「アメリカ」の大使館に並びつつも、

彼女はヴィザが下りる前に躊躇し、そしてその自由を保障するために「子どもの死」を語ることを拒否する。政治犯扱いの夫の行為が、果たして「子どもの死」に値するのか、この一連の出来事が、「子どもの死」という暴力の根拠となりうるのか。また自由を保障する外側の世界が（結果的に不幸を招き）いかに欺瞞に満ちているか。「夫が書いた最後の記事」を「BBCアフリカ」や「亡命中のナイジェリア人政治学教授」がいわば「無責任」に賞賛したことの意味（「彼は抑圧に対してペンでたたかい、声なき人たちに声をあたえ、世界にそれを知らせた」という安全地帯からの発言）を知った彼女は「いまでは怒りを感じ」、「押し寄せる感情のあまりの烈しさに、気が遠くなりそうだった」。ここには「間の存在」として、「子どもの死」という暴力の根拠をもう一度見つめようとする語り手の「感情」がある。そのためには、彼女は「新生活」を、この地で始め直すしかない。大使館という出口での逡巡は、無論「間の存在」たる所以である。『見知らぬ人の深い悲しみ』の語り手の恋人、イケアディが半身不随になるのも、おそらく彼の「理想主義」と「社会的大義名分に賛同してデモをし、ピケをはったこと」による。しかし、そのことが四〇発もの銃弾を受け彼が「半身不随」となる根拠となるのか。語り手もまた、この暴力の根拠を解せないため、ずっとそのことを語ることができなかった。

作品集の中で暴力の生まれる場所には、その行為に見合っただけの意味や大義が、驚くほど奪われている。あえていうなれば、それは政治的混乱やそこからくる貧困や無知、さらには外圧や資本による暴力性の結果なのだが、語り手（中心的人物）はそれぞれそのことを容易に承認しようとしない。登場人物達は無慈悲に殺され、傷ついていく。それゆえ、『見知らぬ人の深い悲しみ』の語り手もまた、その根拠に向かおうとするために、他者の「悲しみ」が分かるという業を背負う。物語の終局では「悲しみ」を共有しつつも「泣かない」ことを決意する。

　そして最も重要な作品である『半分のぼった黄色い太陽』は、ビアフラ戦争に翻弄される家族を描く物語で、個人史がある国家の滅亡に寄り添って語られる。恋人のニャムディとともに、語り手の女性もまた共和国の誕生に驚喜する。失われたビアフラの国旗の意匠そのままの皮肉なタイトルが示すように、裕福で教育のある家族は内戦の激化と共に難民化し、家を追われ、誇り高いビアフラ兵であった、ニャムディも哀れな敗兵と化す。家族にとっての一番の悲劇は、語り手の「わたし」の弟オビの死である。オビの死は、直接的な戦闘や空襲による死ではない。それらがもたらした食糧難や、医薬品の不足のためであった。父親が弔いに立てた十字架を母親は「みすぼらしいといって蹴飛ばし、木片を投げ捨てた」。ビアフラ消滅と共に、物語は次のように幕を閉じる。

（引用者注・左腕を失ったニャムディとの結婚式。語り手の「わたし」と家族は財産や家を全て失った。）結婚式が終わると、カフェでペーストリーを食べた。食べながらパパはわたしのために思い描いていたウエディングケーキのことを話した。ピンクの、何層も重ねたケーキ、あんまり高いもんだからわたしの顔もニャムディの顔も隠れてしまって、ケーキカットの写真に写っているのは花婿付添人の、オビの顔だけで……。

わたしはパパがうらやましかった。オビのことをそんなふうに話せるなんて。それは、オビが生きていれば十七歳になる年のことだった。ナイジェリアで車が左側通行から右側通行へ変わった年だ。わたしたちはまた、ナイジェリア人になっていた。

弟の死を父親もまだ語り手のいうように超えてはいないが、「わたし」もまた「オビのことをそんなふうに話せる」には至っていない。オビの懐かしい記憶について、語り手は十全に語っているのだが、「オビのことをそんなふうに話せる」という記憶の物語化（語り得るものであるということ）には抗している。ここには、語り得ないものを語るという難問、わかるということ、過去の出来事を了解するということ自体の難問が横たわっている。『アメリカにいる、きみ』で「きみ」が恋人に、故郷の父親の貧しい暮らしを語る場面には、次のように「わかる」ことが語られている。

きみがこのことを話すと、彼は口をきゅっと結んで、きみの手を握り、わかるよ、といった。きみは驚いてその手をふりほどいた。なぜなら彼は、世界が自分のような人たちでいっぱい、いや、いっぱいであるべきだと思っていたから。きみは、わかるなんてことはない、ただそうだってことで、それだけ、といった。（傍線引用者）

ここには、「わかる」ということによって対象化され、ねじ曲げられ、消費されてしまう言論への恐れと、それを拒絶する態度がある。暴力性への根源に向かい、意味や大義が驚くほど奪われた死に抗する方法が、この表題作の「きみ」という語りかけ方には、確かに内包されているのではないだろうか。

暴力表現の無根拠性

前章で述べたように、暴力表現の根拠を掘り下げるべクトルを強く持つアディーチェのような世界作家と、この国特有の言説によって作品を消費しようとし、作品の価値を認めようとしない言説という対立構造をあえて立てるとするならば、この間の日本の現代小説における暴力表現では、その根拠に向かう通路が覆い隠されているといえるのではないか。

かつて三島由紀夫は自作『金閣寺』（五六）の擁護として、「人間がこれから生きようとするとき牢屋しかない」と語ったが、その「牢獄」としての「生」を自ら構築出来ず、「生きよう」とする意志を放擲し、自滅に他人を巻き添えにする事件がこの数年「現実」では多発している。殺人事件は戦後を通して、むしろ減っているというデータや議論はあるが、ナイフで次々刺すという猟奇性、ネットへの書き込みを含む劇場型展開、杜撰な模倣犯の連続、そして「誰でもいい」という点で、秋葉原殺傷事件（〇八）前後の犯罪は特徴的ともいえ、その後の不可解な元厚生官僚殺害事件も思想的というより、ネットカフェ放火事件のような「下流」的な背景が語られている。

本叢書シリーズの前巻（第六集「体験なき『戦争文学』と戦争の記憶」〇七・六）では、急激な右傾化や歴史修正主義にシンクロするかのようなエンターテイメント小説を「体験なき戦争文学」として問題化した論考が集まったが、暴力をめぐる事態はより複雑化し、混迷している。

ドキュメンタリー作家の森達也は、二一世紀の世界情勢を決定づけた九・一一を、日本は九五年のオウム事件／阪神大震災という二つの災厄ですでに先取りしていたと評している。他者への憎悪や、セキュリティー管理への期待、自分の神以外への不寛容など、二一世紀の暴力的要素はすでに九〇年代半ばに出揃っていた。世界的に見れば九・一一はメルクマールであるが、日本社会においては「全ては地下鉄サリン以降なのだ」と。

では「敵が見えない」「（殺すのは）誰でもいい」という無根拠性に根ざした状況を撃つ文学は果たして可能か。

「現実」が虚構を凌駕するという紋切り型の物言いが、しばしば小説と「現実」世界の出来事との関係性においてなされるが、ターニングポイントとしての九五年を予兆的に語ったのが、今思えば村上春樹『ねじまき鳥クロニクル　第一部』（九四・四）の「間宮中尉の長い話」における長大な暴力表現ではなかっただろうか。デビュー作『風の歌を聴け』（七九）の作中人物「鼠」が書く小説に「セックスと死」が欠落していたように、「愛と死」を描いた『ノルウェイの森』（八七）まで春樹の初期作品では表面的な暴力描写は忌避されていた。例えば学生運動の暴力性は、「僕」が「小指のない女」に話す「折られた前歯」の由来によって静かに語られていたように、表層からは消し去られていた。
　ところが、『ねじまき鳥〜』ではうって変わり、夢的世界における義兄の代理殺人という大元のプロットを担保するかのように、ノモンハン事件における残虐な皮剥ぎの場面が突如挿入される。延々語られる殺戮は一瞬奇異な、独自の歴史の掘り起こし方であったが、今思えば「戦争の世紀」を迎え撃つためには必要な、一種迂遠な試みではなかったか。

　やがて右腕はすっかり皮を剥がれ、一枚の薄いシートのようになりました。皮剥ぎ人はそれを傍らにいた兵隊に手渡しました。兵隊はそれを指でつまんで広げ、みんなに見せてまわりました。その皮からはまだぽたぽたと血が滴っていました。皮剥ぎの将校はそれから左腕に移りました。同じことが繰り返されました。彼は両方の脚の皮を剥ぎ、性器と睾丸を切り取り、耳を削ぎ落としました。それから頭の皮を剥ぎ、顔を剥ぎ、やがて全部剥いでしまいました。山本は失神し、それからまた意識を取り戻し、また失神しました。失神すると声が止み、意識が戻ると悲鳴が続きました。しかしその声もだんだん弱くなり、ついには消えてしまいました。（略）
　私はそのあいだ何度も吐きました。最後にはこれ以上吐くものはなくなってしまいましたが、私はそれでもまだ吐きつづけました。熊のような蒙古人の将校は最後に、すっぽりときれいに剥いだ山本の胴体の皮を広げました。そこには乳首さえついていました。あんなに不気味なものを、私はあとにも先にも見たことがありません。
（「間宮中尉の長い話・2」村上春樹『ねじまき鳥クロニクル（第一部　泥棒かささぎ編）』新潮社　九四・四・一二）

　村上龍は蓮實重彦との対談*5において、その春樹の創作態度に対する違和感を表明していたが、「九五年」を経て彼が上梓したのが大量殺戮を描いた『イン・ザ・ミソスープ』（九七・九）であった。「あとがき」では、作中人物が「歌舞伎町のパブで大量殺戮を実行しているとき」に「あの神戸・須磨区の事件が起きた」こと、その殺人マシーンが半生を告白するとき、酒鬼薔薇聖斗と目される少年が逮捕されたという出来事を受け、自作と現実の関係性を「憂鬱で不快」であったと語っている。「汚物処理のようなことを一人でまかされている気分」だというが、その「不快」感には自作が「現実」とシンクロしていることによる奇妙な高揚感さえ読みとれる。そこで展開される「小説はある情報が物語に組み込んであるだけ」「小説は翻訳である」という露悪的な論を字義通り受け取るのならば、小説家は対「現実」の情報処理役、その翻訳者といったところか。

『ねじまき鳥〜』完成後、春樹は河合隼雄との対談で「小説の本当の意味のメリット」を、「対応性の遅さ」「情報量の少なさ」「手工業的しんどさ（あるいはつたない個人的営為）」と定義づけているが、これは龍の「情報」としての文学という提唱とは対をなしている。

そして『半島を出よ』（〇五）で展開された杜撰な北朝鮮脅威論は、東アジア間の歴史認識の対立により高まる憎悪の「翻訳」ともいえ、「さもありそう」という括弧付きの「現実」の想定が、他者への、隣国への憎悪を結果的に増幅させている。この無自覚な表現は、暴力を描くことによって、逆に「現実」への的を外し、その悪化に手を貸す誤「情報」に堕することになる。

春樹と龍の暴力表現を、その根源性を問うために歴史の掘り起こしに向かうベクトルと、同時代へのまなざしと即応性に向かうそれに大別するならば、後者は「中学生式」（井口時男）[*6]ともいうべき理由なき暴力描写の横溢へと接続されており、例えばロールプレイング小説と揶揄されながら、『日蝕』（九九）における中世や、『葬送』（〇二）でドラクロワの時代を、現代の精神として語ってきた平野啓一郎も、現代の暴力性や風俗を描くスタイルにシフトしつつある。龍に対するあてつけを公言していた平野は、批判を覚悟で「普遍」的で「絶対の体験」を希求していたが[*7]、その「現実」（＝「現代性」）をより近い距離感で表現しようとしている。果たしてこの潮流の中で小説は可能なのだろうか。

ひるがえって龍の小説に仮に「小説性」を見出すのであれば、それは期せずして描かれたもの、はみ出した要素にあるはずだ。「イン・ザ・ミソスープ」という陰鬱なタイトルが内包する、日本の「自他未分」の共同性の可能性は、残念ながら暴力描写の高揚感によって消去されており[*8]、また援助交際する女子高生に対し、あっさりと「あなた達のサイドに立って、この小説を書きました」と言い切ってしまう〈作家〉の言葉を超えて、『ラブ&ポップ』（九六）には、実は「ラブ」（様々な理由で買春する男達の淋しみ）と「ポップ」（キャプテンEOというイコンに代表される荒涼とした大衆文化）を語り得る可能性があった。この意図的な閑却、作品の「単一化」を語る〈作家〉の言葉は、いとも簡単に北朝鮮コマンドの内面を描くことが出来るという誤謬につながっていく。

春樹の最新作『1Q84　BOOK1、2』（〇九）では『ねじまき鳥〜』以来の暴力の根源性に向かうベクトルが堅持されており、読者に嫌悪感さえ与える可能性のある、読むに耐えない家庭内暴力や幼女暴行の痕跡、過度な性描写が、図らずもアディーチェのような「世界性」を獲得している。九・一一以後、この国では九五年以後の暴力的状況に抗する文学は、その根源性へ向かう方向を模索しつつ、極めて流動的ではあるが、ある者は翻弄され、またある者は確実にその歩を進めている。

（1）辺見庸『単独発言――99年の反動からアフガン報復戦争まで』（角川書店　〇一・一二・二五）「（注引用者：「第二」は、米国とアフガンの住民やイラク人の人命の不均衡。）第二。言説の無効性を示す問題はさらにある。アフガニスタンという実在に、このことは直接かかわる。九・十一テロ以降、さらに二〇〇一年十月七日の空爆開始以来、世界中のだれもが、〝にわかアフガニスタン専門家〟になってしまった。あたかも、アフガニスタンという国やアフガニスタン問題が、九・十一や一・七になってはじめてこの世に登場したとでもいうように、あわててアフガニスタンの歴史をひもときはじめた。アフガニスタンは、しかし、とっくの昔から存在していた。嘆きの大地として、ずっとあったのだ。（略）見向きもしなかったのは、われわれであった。（略）／（注引用者：「アフガニスタンの仏像は破壊されたのではない　恥辱のあまり崩れ落ちたのだ」というモフセン・マフマルバフの言葉を受けて。）マフマルバフはここで、「無関心」一般の問題というより、世界の言説というものの不公正を非難しているのである。単に人々の心根のありようではなく、関心を呼び起こそうとしない言説の非在、無力、その虚偽性に異を立てているのだ。食料や清潔な水や光や資本や市場と同じように、言説もまた世界のいくつかの地域に不当に偏在している。つまり過剰に語られるところと、不当に過少にしか語られないか、または、まったく語られることのないところとがある。語られなければ、惨状さえ存在しないということになる。惨劇さえなかったことになる。そのような偏在に無知な、あるいは故意に知らないふりをする言説は無効なのだ。九・十一テロはそれを最大限に暴力的な手段と絶望的な表現様式で宣言したともいえる。」

（2）森達也『世界を信じるためのメソッド　ぼくらの時代のメディア・リテラシー』（理論社　〇六・一二・一）など、中学生向けの良質な書物の中で「事実」は語られはじめている。「本文でも少しだけ触れたけど、とても重要な歴史的事実だからもう　度書くよ。一九九四年、アフリカのルワンダという小さな国で、多数派のフツ族が少数派のツチ族を残虐した。犠牲者の数は百万人近いと言われている。十人の国民のうち一人が殺された計算だ。フツ族とツチ族は、同じ民族だ。住んでいる地域も離れているわけじゃない。だから昨日までのご近所同士や、親戚同士が殺し合った。この虐殺のきっかけのひとつは、ツチ族がよく聞いていたラジオ番組が、「フツ族からの攻撃が始まる」とか「フツ族はゴキブリのように有害なやつらだ」などの放送を、何度も繰り返していたからだ。このままでは自分や家族が殺されると思い込んでしまったツチ族の人たちは、畑仕事に使っていた鍬や鋤を手にして、フツ族の人たちを殺し始めた。／まだまだ貧しい国であるルワンダでは、ラジオが国民的メディアだった。結果としてそのラジオによって百万人近い人たちが、何の理由もなく殺された。もしもラジオよりもっと影響力の強いテレビが普及していたら、そしてそのテレビが、このときのラジオのような放送をしていたら、いったいどれほどの人が死んだだろう。」

（3）岡真理『アラブ、祈りとしての文学』（みすず書房〇八・一二・一九）では、カウントされる死の数によって生み出される命の不均衡や、そこに目を向けないシニシズムを超えること、絶望的なパレスチナの状況からなおも生み出される文学に「世界の美しさ」や生の肯定の契機を垣間見ることで、「数に抗」する運動が始められようとしている。

（4）訳者のくぼたのぞみのサイト（エスペランサの部屋http://esperanzasroom.blogspot.com/）では最新情報が手に入る。例えば、アディーチェは二〇〇八年一〇月には五〇万米ドルのマッカーサー奨励金を獲得して、書くことに専念できるようになり、現在イェール大学でアフリカ学の修士号を準備中だという。

（5）「ユリイカ」九七・六臨時増刊

（6）井口時男は（『暴力的な現在』作品社〇六・九・二〇）阿部和重や中原昌也、舞城王太郎など暴力的主題を売り物にする人気作家の内実を、その作品に書かれる暴力と、現実世界で表出する暴力行為とを地続きに論じることによって明確にしようと試みている。暴力的表現が既に手法化されて久しいサブカルチャーや、九・一一後の荒廃した世界に文学が包囲された結果、現代小説は元来持ち得ない即応性や、内省の無い速度のみを追求した文体を含有し、著者のいう「中学生式」、あるいはメディアに植民地化されたある種の「貧しさ」がその描写に増殖し続けていると断じている。

（7）「現代社会の悪しき風俗を描いてみることに、或る種ルシフェル的陶酔を覚えている作家がいる。或いは、小説の中に少女売春の件などが出てくると、矢鱈と有難がって、そこに現れた『現代性』を評価するような評論家がいる」（「スタジオ・ボイス」九九・二）

（8）文庫解説（幻冬舎文庫　九八・八）で河合隼雄は、そのことに不満を漏らしていた。

過去の手ざわり――柴崎友香『その街の今は』

永岡杜人

一、切れる／つながる

『その街の今は』は、主人公の〈わたし〉が合コンを終え、店を出た場面から書き出されている。〈わたし〉にとって初めての合コンは楽しいものではなかったらしい。

隣の店の立て看板を挟んで立っている合コン相手の三人の男の人たちは一言もしゃべらず、それぞれ自分の携帯電話をいじっていた。それを横目で見た智佐とえみちゃんが、なにか言いたそうに顔を見合わせた。

彼らは合コン相手の女性たちとつながろうとはしていない。もしかしたら〈わたし〉や〈智佐〉や〈えみちゃん〉たちがまったくタイプではなかったのかもしれないが、それだけではないだろう。趣味を聞いても〈自分から しゃべれへん〉し、帰り際に「じゃあ、どうも。お疲れさま」と〈仕事のような挨拶〉をする彼らは、そもそも彼女らとつながる回路を切っているとしか思えない。しかし、彼らがまったく自閉しているのかというとそうではない。ともかく彼らは女性と出会うことを目的とする合コンに来た。そして、誰かと通話をしているのか、メールを送っているのか、ゲームやインターネットをしているのかはわからないが携帯電話をいじっているのである。電話は誰かと「話す」ための手段だったはずである。彼らも誰かとつながろうとしているのかもしれない。

彼らがつながろうとしているのは身体や名前、欲望、感情、思想などを持った現実の他者なのだろうか。〈わたし〉たちが目の前にいるのに携帯電話をいじる彼らは、他者の問いかけに応答することを双方向に繰り返し、理解し合い、ともに存在するという人間的な手ざわりを感じさせるコミュニケーションは求めていない。彼らは「電話」を省略し、「ケータイ」と呼ばれるモバイル化された通信手段によって、鬱陶しくなればいつでも切断、消去でき、自分の欲望に応じた情報だけを応答してくれるバーチャルな他者とつながっている。ハイデガーの言うように「人間は話す存在として現れる」のだとすれば、彼らのいじる「ケータイ」の向こう側にいるのは「人間」なのではなく、情報発信者という無機質な存在なのだろう。

二度目の合コンはもう少しましなものだった。〈わたし〉は、古い神社や寺に興味を持っていることで〈敬意を持って見直〉すことのできる〈小野田くん〉と「話し」をすることができたからだ。だが、その最中に〈わたし〉は〈合コンは二度と会うことのない人と会うことなんやな〉と考える。この〈二度と会うことのない人と会う〉というパラドキシカルな言葉のなかに、携帯電話という極めてパーソナルな通信手段を持ちながら都会の匿名性のなかに生きる現代人の在りようを垣間見ることもできる。

かつての村落共同体には男女の出会いの場としての「若者の寄り合い」があった。その代替物であるかのように見える現代の合コンは、『その街の今は』では誰かとつながることを欲望しつつ現実の他者とは切れており、アトム化し、都会に浮遊する若者の在りようを写し出す装置として用いられているように思われる。

『その街の今は』の作中人物がこのような状況に陥っているのは何故だろうか。それを解く鍵は作中人物やその関係性の描かれ方にあるように思われる。

主人公の〈わたし〉は、二十八歳になったばかりで、七ヵ月前に五年間勤めた繊維卸会社が倒産し、今は〈シュガーキューブ〉という店の店員をしている。大阪で生まれ育ち大阪の古い写真に興味を持っている。〈鷺沼さん〉という男性と付きあっていたが〈鷺沼さん〉は結婚して今は東京にいる。愛媛県生まれの父と長崎県生まれの母、大阪生まれの姉がいて、父母は大阪で食べ物屋をやっていたが、愛媛に店を出すので来年から一人暮らしになる。作品から取り出せる〈わたし〉の主な情報はこれだけである。〈わたし〉は状況と性別、年齢、趣味などのキャラクターによって造形されている。そこに欠落しているのは「物語」である。大阪の古い写真が好きというこの作品にとって決定的なことも、大学の地理の授業でステレオグラムを見たエピソードは添えられているが、何故、どうして好きになったのか、という物語は語られない。

この傾向はボーイフレンドの〈良太郎〉にはさらに顕著である。二十五歳で友達の家の二階に暮らし、サラ金の集金のアルバイトをしていて、古い大阪の映像が好きである、というだけの情報しか読者には与えられない。作品の末尾近くに〈父の七回忌〉のために東大阪の実家に弟の車で帰る場面が挿入されるが、彼の二十五年間の生き様は物語られない。

〈わたし〉の〈良太郎〉に関する情報も読者と大してかわりはない。〈つき合う〉約束をした翌日、二人はお互いに相手のことを聞き合うが「そっか」「あ、そうなんや」という相槌に遮られるように話は先に進まない。そして、つき合いだしてかなり時間がたってから〈良太郎〉に法事に行くことを告げられ、迎えに来ていた弟に挨拶されると〈わたしは、初めて良太郎のことを少しだけ知った気分で、それはうれしいというのでも戸惑うというのでもなくて、もっと落ち着いたもの〉を感じるのである。二人の関係も今までどこでどんな人生を送ってきたかという物語抜きに築かれていたのである。

作者はおそらく、意識的にそのような物語を語らなかったのだ。それは小説の技法上の「省筆」ではなく、そのような物語など持たぬ、あるいは持っていてもどうでもいいことのように思える、物語を喪失した現代の人間の在りようを描こうとする意志の現れのように思われる。

近代において、人は人類の進歩とか、自由で平等な社会の実現といった様々な「大きな物語」を背景に自己の人生という「小さな物語」を生きてきたともいえる。だが、現代はどうだろう。経済の発展は金さえ出せば何でも手に入る便利さと引き替えに地球温暖化や酸性雨など地球そのものを壊しかねない環境破壊をもたらし、東西冷戦の崩壊は血塗られた民族紛争とアメリカのネオ帝国主義とをもたらした。「大きな物語」は凋落し、その物語の進展という物差し（歴史）によって計られていた時代感覚も、ともにその物語のある場面を生きているという同時代の人間同士の連帯感も消失した。そして、そのような近代が崩壊した後は「大きな物語」ばかりか、自己の「小さな物語」すら無化され断片化した生を生きざるを得ないポストモダン的断片化にさらされている。

『その街の今は』の作中人物は、断片化された時間と場所でしか世界と関わりが持てず、状況とキャラクターでしか他者と関係できないポストモダン的に断片化された世界の住人なのである。そして自分の生に「物語」を求めない彼らは、働くことを媒介に社会とつながる回路も閉ざしている。「ふつーに、バイト情報誌に載ってた」から消費者金融の集金のアルバイトをしている〈良太郎〉も、会社が倒産した後〈大西さんに誘われてシュガーキューブでバイトするようになって、〈ちょっと休んでいるだけ〉なのか「仕事に戻れない」のかはわからない〉〈わたし〉も「自己実現」や「職業の社会的役割」だのといった「物語」とは無縁なのである。

二、記憶／感触

『その街の今は』は記憶をめぐる小説でもある。作品内では質の違う二つの記憶が語られている。主人公の〈わたし〉が最初の合コンの後〈ラウンド〉という店で酒を飲み途切れてしまった記憶と、大阪の古い写真によって喚起される記憶である。

〈良太郎〉と〈ラウンド〉で酒を飲んだ〈わたし〉は翌日、そのことを記憶していない。ただ、〈携帯電話には知らないアドレスの誰かとこの店で会う約束をしているようなメール〉が痕跡として残っていた。この忘却された出来事を記憶として甦らせるのは、この痕跡と〈智佐〉の「やっぱり彼氏できてうれしかったんや」、「あんなにべたべたしてたのに」という言葉である。その言葉によって〈わたし〉に〈いっしょにいたときの感覚〉や〈男の子といっしょにいて楽しかったような記憶〉、〈中古で座り心地の悪かったソファと触っていた腕の感触〉が甦ってくるのである。〈わたし〉は、メールという痕跡と他者の記憶を分有することによって忘却していた出来事を自己のものとして再獲得する。〈昨夜よっぽど良太郎とべたべたしていたのかと思うと恥ずかしかった〉という感覚を〈わたし〉が持つのもその出来事を自己のものとして了解したからである。

この記憶の形成（再獲得）の過程はコミカルに描かれてはいるが、記憶というものに関する重要な示唆を含んでいる。人間の認識が常に記憶の想起を伴い、過去を参照項に現在の出来事を認識しているのだとすれば、人の記憶がどのように形成されるのかということはにわかに重要性を帯びてくる。情報があふれる現代社会において、人は集合的記憶や他者の記憶を分有することによって多くのことを記憶として保持している。たとえば〈わたし〉の〈写真の中座は空襲で燃えて、その次に建てられた中座も取り壊し中のガス爆発で燃えてしまったけれど〉という記憶は大阪の人々の集合的記憶によって、〈父は愛媛、母は長崎の生まれで、福岡で出会って結婚して、姉が生まれる直前に大阪に来て〉という記憶は父母という他者の記憶を分有することによって形成されたものである。このような記憶と、〈大学のとき、地理学の授業を取って〉いたという自己体験によって形成された私的記憶とは、どのような関係にあるのだろう。精緻にものを考える場合以外、前者は自分が生まれる前の非体験的記憶であり、後者は自己体験による記憶だ、などと分類などしてはいないだろう。日常的な世界では、両者とも「知っていること」として意識されているだけである。『その街の今は』の語り手であり主人公である〈わたし〉もそれを等価なものとして認識し語っているように思われる。

両者が明確に異なるものとして立ち現れるのは、「知って」はいるが自分がその出来事の中に「いた」のでははない過去の出来事を手ざわりとともに獲得しようとする時である。

〈わたし〉が生まれる前の「過去」をそのようなものとして捉えられるかもしれないと感じたのは大学の地理学の授業で〈実際よりも強調されて見える立体感〉をもつステレオグラムを見てからである。

その地面には、ところどころクレーターのように凹んだ部分があって、爆弾がこの場所に落ちたのだということを、わたしはそのときはじめて実感した。実感というか、それまではたいてい白黒の写真や映像で見るその世界を、時代劇みたいな別の世界のようにしか思えなかったのが、急に、今自分のいる世界とつながって穴だらけだった地面の上を歩いているのだと感じられた。

過去の出来事を現実として〈実感〉し、〈今自分のいる世界とつながって〉感じること、この時感じた「過去」の感触をもう一度取り戻すために〈わたし〉は大阪の古い写真を見続ける。「過去」を手でさわるような感触とともに獲得することによって「今」を実感することは「大きな物語」という物差し（歴史）の消失によって起きた時間（時代）的な断片化に抗うことでもある。

だが、〈わたし〉はなかなかそこには行き着けない。〈良太郎〉が四天王寺の縁日で買ってきた写真に写っている見知らぬ一家を見た〈わたし〉は〈…その人たちは、今わたしを見ていて、そこにいるのだった〉と感じるが、それは過去の現在化、あるいは写真の擬人化とでもいうべきものであって「過去」と〈つながって〉いる実感とは異なるものである。〈シュガーキューブ〉にきた〈おっちゃん〉の昔話を聞いて、その場所へ行った〈わたし〉は次のように思う。

あの話をしているとき、おっちゃんには、泳いだ川もバレエ学校も自分や友だちの家も鮮やかに見えていた。だけど、すぐそばで聞いていてもそこは見えなかったし、実際にこの場所に来ても見えない。わたしは、どうしてもそこが見たかった。だけど、どうすればその場所を見ることができるのかわからなかった。

この場面で道頓堀川が〈おっちゃん〉が泳いでいた頃のような川岸ではなく、川と〈わたし〉とが〈高いコンクリートの堤防で隔てられ〉ていることは、象徴的な意味を持っている。その場所は「過去」として失われてしまったのではない。その上に「現在」が重ねられたことによって隔てられてしまったのである。〈わたし〉が〈おっちゃん〉の泳ぐ姿を想像できないのは〈遠いから〉なのである。〈わたし〉はどうしようもない距離で「過去」

と隔てられている。

そして〈岩崎さん〉から〈会社の創立五十周年記念アルバム〉を見せてもらった〈わたし〉は、〈空中で静止したみたいに焼き付けられている〉道や土が〈今ではそんな道は、どこにもない〉と感じ次のように考える。

でも、岩崎さんは知らなくても、岩崎さんのおじいちゃんやお父さんや、それから記念写真に写っている従業員の人たちの中には、この中の景色を実際にその目で見た人が確かにいると思うと、写真の中の世界に近づく手がかりがあるような気もするけれど、話を聞いてみればいいのか案内してもらえばいいのか、それも少し違うとも思えた。

ここには〈この中の景色を実際にその目で見た人〉の手助け、つまり他者の記憶の分有では、「過去」を手でさわるような感触あるものとして獲得することの不可能性が示唆されている。他者の記憶の分有によって「知る」ことはできるが、過去を手ざわりとともに獲得することはできない。〈わたし〉はステレオグラムを見た時に感じた「過去」の感触を取り戻す術を失ってしまったかのように思われたのだ。

三、線としての時間／層としての時間

「過去」を手でさわるような感触とともに獲得するためには、時間についての通念を転換する必要があるのかもしれない。時間は人間が構成した概念であり、そこには様々な型がある。人は一般的に「現在」を起点として、既に過ぎた時間「過去」と未だ来ない時間「未来」を分節化している。そして時間は「過去」から「現在」、そして「未来」という不可逆的な方向で線的に流れるものとして認識される。そうやって時間を線的な流れで認識する時、「過去」は過ぎてしまった昔として「現在」と切断されてしまう可能性がある。まして、生まれる以前の過去の出来事は自分とは関係ないものとして決定的に切断されてしまう。

だが、人はもう一つの時間意識を持つことができる。それは「現在」は「過去」の積み重ねの上にあるのだという意識、換言すれば「過去」は過ぎ去ってしまったのではなく「現在」の下に折り重なり畳み込まれているという層としての時間意識である。この時間意識に立ってみれば、「過去」は「現在」という層が重ねられており直接目には見えないものの、消え去ってしまったのではなく、その凹凸は「現在」という層の上からでも手でさわることができるものとなる。そして、層としての時間を意識することは「過去」と「現在」を因果関係の線つまり「物語」として結びつけ語るということからも解放

する。同時に起きた多数の出来事を「物語」という線的なストーリーで捉えようとすれば、必ずその「物語」からこぼれ落ちる余剰が残る。同時代という層の中に折り重なり畳み込まれた出来事や人々は、互いに何の関係がなかったとしても「現在」の下の同じ層にある、という点においては変わりがない。そして「現在」という層を生きる者は、たとえその出来事が人に記憶されていようがいまいが、その層の上を生きているという点において関係しているのである。ここにおいて「現在」を生きる人と「過去」は関係性で結ばれる。

「過去」を手でさわるような感触とともに獲得するということは、「過去」をそのようなものとして認識する思想を獲得するということでもある。〈わたし〉がそのような思想らしきものに触れるのは〈良太郎〉とメールでやりとりしながら〈昔の大阪が映っている〉テレビを見ている時である。テレビを見た〈わたし〉は、〈どこの誰なのか、もうきっと知ってる人はいないその人が、確かにそこにいた〉と感じる。そして〈良太郎〉と「すごい」、「おもしろいな」とメールで会話しながら〈全然知らない場所の知らない人たちなのに、胸の奥のあたりがざわめいてずっと見ていたくなる〉のである。

> 突然、わたしはその光景が実際にあったものなのだと強く感じた。その映像の中に映っていることがあって、そのあと何十年かの時間が流れて、わたしが今いるここになっているのだと、思った。

〈わたし〉は「過去」と「現在」の連続を再び感じた。しかしそれは手でさわる感覚とは違う。線的時間で結ばれた「過去」と「現在」は〈知っている建物だけが、そことわたしを繋ぐ〉だけなのだ。〈実際よりも強調されて見える立体感〉を持つステレオグラムという装置を使わなくとも「過去」を手でさわる感触とともに獲得する意味をつかむためには、メールで送られてきた〈良太郎〉の次のような言葉を媒介しなければならない。

> 「こういう映像を見てるとどこぞで同じ時間を父母が生きとるんや、とか思う。自分の死後を見ているかのような気分にもなる。」

「現在」の下にある「過去」という層としての時間を父母は映像の中の名も知らぬ人とともに生きていた。そこには〈心斎橋の繁華街〉という場所があり、〈高度成長期のビルや道路の建設ラッシュ〉や〈夏祭り〉という出来事があった。それらの人や場所や出来事は、既に「過去」として「現在」の下層に折り重ねられてしまった。だがそれは消え去ってしまったのではない。積み重ねられたのだ。そして「過去」の映像に〈自分の死後〉つまり「未来」を見ることは、自分も今起きている出来事も、やがて「未来」の下層として畳み込まれてしまうということを意識しているということである。そこに「物語」があろうとなかろうと人間は生きていく。そして死ぬ。「現在」の下層には「過去」があり、その上に「未来」という層が重ねられていく。「物語」や「意味」とは関係なく人間の営みは続けられ、積み重ねられていく。それは近代以前も近代もポストモダンな現代も変わらない。「意味」という病に取り憑かれた「近代」から見れば一種の諦念に近いように見える〈良太郎〉の時間意識と人間という時間的な存在の意識とは、ポストモダンという地平から見たとき、ある勁さを感じさせるものとして立ち現れてくる。「過去」を手でさわる感触あるものとして獲得することは、同時にポストモダン的断片化のなかで「現在」の生を時間的にも人間的にも位置づけ直すことであったのだ。

〈しばらく、どんな言葉を返せばいいのかなにも思いつかなかった〉〈わたし〉が「うん。そうやね」とメールで送信した時、〈わたし〉の中に〈良太郎〉のある勁さをもった考え方が流れ込んでいたのである。会社が倒産した後〈次になにをするか〉を決めかね〈今ちょっと休んでいるだけ〉なのか「仕事に戻れない」のかはわからない〉状態にあった〈わたし〉は〈この街から、姉もいなくなったし両親ももうすぐいなくなってしまうけれど、わたしはずっとここにいる気がした〉のであり、〈まだ自分の生活を全部自分で面倒見ることに、現実味がなかった〉にしろ「仕事、せなあかんねんやろうなあ」と〈智佐〉に語るのである。

そして、〈わたし〉は薔薇の花を媒介に層としての時間意識に辿り着く。〈岩崎さん〉が見せてくれた古い大阪の写真に〈薔薇のアーチ〉のある家があった。〈鷺沼さん〉からの誘いのメールにどっちつかずの態度で歩き出した〈わたし〉はある家を見つける。その家は〈家中に薔薇の蔦が這い上がり、今までに見たことのないくらいびっしりと赤い大きな花をつけていた〉のである。

もらった写真のあの家と、違うのはわかっていた。路地との位置も違うし、玄関も窓も屋根も違う形だった。だけどこの薔薇の色があの写真の薔薇の色なのだと思った。こんなに深くて鮮やかな赤い薔薇を、わたしは初めて見た。

「過去」は過ぎ去った昔ではなく、自分の生の下に折り重なり畳み込まれている。そして一定の広がりをもつ層を成している。だとすれば、「あの家」と「この家」は違うものであっても、同じ時間の層にあったものとしては等価なのである。そのことを薔薇の色が教えている。

四、断片化された時代のなかで――結びにかえて

物語的構成をとっていない『その街の今は』は、結末らしい結末もなく切断されたように擱筆される。〈わたし〉と〈良太郎〉が結ばれ、二人で手に手を取ってポストモダン的断片化を越えた生をつかむという「物語」を期待していた読者は置いてきぼりを食わされる。だが、『その街の今は』がそのような成長物語であったとすれば、それは「近代」への逆行であり、現代の若者の風俗を描いただけの「近代」の残滓を引きずった通俗小説になってしまう。ポストモダン的状況をポストモダン的手法で書くというところに『その街の今は』の新しさがある。柴崎友香の小説の手法は断片化にある。作品そのものが物語的構成をとらず、ある場所、ある時間を断片的に描いたものであることが多いし、作品内の出来事もそれぞれ結末に帰納するプロットとして計算された上で置かれているというよりは、断片としてそこに在る、といった風に描かれている。

ポストモダニズムの言説が日本を覆ったのは一九八〇年代である。それから二十年以上がたち、「歴史の終焉」後の「歴史」を生きてきた世代は、ポストモダンがハビトゥスとして身体化されているのかもしれない。サイードや李恢成が「大きな物語」の凋落を否定し、まだそのような物語によって克服されねばならない問題が世界にはある、というのは正しい。だが、「大きな物語」の凋落によって、二階に上がって梯子をはずされたような状況に陥っている人が少なくないのも事実だろう。そして、かつて「大きな物語」と連結された「小さな物語」を生きた人々ではなく、一九七三年生まれの柴崎友香のように、物心ついたときには「大きな物語」が凋落していたという世代にとって、ポストモダン的断片化は静かに深く浸透しているように思われる。

そのような世代がそのような生き様を描き出し始めた。そして、「過去」を手でさわる感触を求め、時代という意識や人間の関係性において断片化されているポストモダン状況を主題化しているという点において『その街の今は』は新しい。『その街の今は』の〈わたし〉や〈良太郎〉はそのように断片化された生に抗っている、ともいえる。その点において、かつて『大きな物語』と連結された「小さな物語」を生きた人々や、今も尚「大きな物語」によって世界のさまざまな状況を主題化しようとしている人々ともつながる回路をかろうじて持っている。今後、このような作品は柴崎友香だけでなく多くの作家によって書かれていくだろうし、書かれなければならないとも思う。

最後に一つだけ付け加えたい。「過去」は「現在」の自己の生を位置づけ直す契機となる。それはそれでよい。『その街の今は』の〈わたし〉が〈クレーターのように凹んだ部分〉を見て〈爆弾がこの場所に落ちたのだとい

うこと〉を実感したのもその通りだと思う。だが、〈わたし〉の目にそこで死んだ人々は見えていたのか。爆撃に逃げまどう人々は見えていたのか。要するに過去の出来事から他者を獲得できたのか、ということである。記憶するとは出来事だけでなく、その出来事の中にいた人間を、その怯え、怒り、悲しみ、無念などとともに心に刻むことではないだろうか。そしてさらに、大阪空襲に遭遇した人々は、日本軍が行った重慶や上海や武漢や南京の無差別爆撃に遭遇した人々と、原爆を投下された広島・長崎の人々と、アウシュビッツの強制収容所で「処理」された人々と、朝鮮から強制連行された人々と、二〇〇一年九月一一日にニューヨークの貿易センタービルにいた人々と、つまり巨大な暴力によって掛け替えのない生を踏みにじられた人々と同じなのではないだろうか。

「過去」を手ざわりとともに獲得することは、自分の生の下にある「過去」という層としての時間を生きた人々の生と自分の生とを人間的想像力によって関係付け、「現代」の状況に抗うことにつながっている。ありもしない大量破壊兵器の存在を理由としてひとつの国家が戦争によって潰され、自分が住んでいる場所と何万キロも隔たった場所が爆撃されるのを、まさに爆撃が行われているその時間に、家族と食事をしながらテレビで見てしまう、というのもポストモダンのひとつの現実なのだ。

そのような「現代」に抗う思想を内包した文学は、ポストモダン的断片化のなかで現れてくるのだろうか。

（了）

附記　本稿は二〇〇七年に第五〇回群像新人文学賞の最終候補作となったものである。どこかで活字にしたいという筆者の願いを本書刊行委員の小林孝吉氏がお聞き入れくださり、掲載の運びとなった。あれから六年の歳月が流れた。その間に東日本大震災や原発事故があった。世界の情勢や日本文学を巡る状況も変わった。評論として言い足りないところもある。全面的に改稿したい気持もあったが、誤字脱字や細かな言い回しだけを訂正し、掲載していただくことにした。（二〇一三年八月二十七日）

『冬のソナタ』の神話構造
——〈擬装〉するドラマ

関谷由美子

1、はじめに——無防備な子どもたち

彼は、彼女の前に三度現れる。最初は内向的な高校生の姿で。二度目は彼女の婚約披露の当日、初雪の降る街路に、建築家として。そして最後に彼女の設計になる「不可能な家」と名付けられた場所に、光を失った盲人の姿で。

このようにこのドラマを、何ものかが出現する、という視覚から捉え直そうとするとき、もう一つの『冬のソナタ』の顔が見えてくるに違いない。そう考える理由は、このドラマが果たして一組の男女のラブロマンスなのだろうかという疑問が繰り返しこのドラマを観るたびに募るからである。恋し合う男女が様々な困難や障害を乗り越えて結ばれるという、ラブロマンスの常套的な枠組みとしてみるには、二人の恋が成就するための障害となる要因、つまり高校時代のジュンサンの突然の事故死や、ジュンサンとヒロインのユジンが、実は腹違いの兄妹だったと判明する、などの大事件に対して、現実問題として見た場合に、主人公たちの反応もしくは対応に不可解な部分が多すぎるのである。それら、二人の中を隔てる鉄壁と見えたものが、どちらも事実ではなかったことが後に明かされるのだが、それらは、何事かが生起し寛解して行く、ドラマを継続するための、リアリティをもった展開部分に見えながら、そのリアリティをはみ出す要素を『冬のソナタ』は抱え込みすぎている、と思わざるを得ない。つまりこのドラマは、特定の細部が、全体の大きなラブロマンスの枠組みとは異質な不協和音をあちこちで響かせているのである。

具体的に言えば、なぜ少女ユジンは、あれほど思慕したジュンサンの死を、彼の遺骸を見たわけでもないのにいささかも疑おうとしないのだろうか。なぜこうも諦めが早いのであろう。この子どもじみたうかつさは、彼女

がジュンサンと隔てられたのではなく、彼女自身ががジュンサンを自ら知らずに自分の人生の圏外へ追いやってしまったと、読み替えることを可能にする。つまりユジンはジュンサンを置き去りにしたのである。ユジンがジュンサンを失ったのではなく、ユジン自身が、明確な意志によってジュンサンから離れて行ったのであることは、物語のラストで、ユジンがフランス留学に旅立つときにいっそう露わになる。この二度目の別れは、高校生の時の、最初の別離を反復したものである。なぜならここでユジンははっきりとジュンサンを見捨てていることがわかる。このシーンでは、すでに二人は兄妹ではなかったことも判明し、その上執拗に二人の中を裂こうとしてユジンの心を悩ませ続けた幼なじみサンヒョクが、二人を祝福しようとするまでに自己を改めた姿を見せているにもかかわらず、すなわちふたりが結ばれるための障害はすべて消滅したというのにユジンは、アメリカに去ろうとするジュンサンを見捨てて唯一人旅立ったのである。ここに至ってこのドラマは、覆い隠すべくもなく、もう一つの顔をのぞかせてしまっている。確実なのは、ユジンは二度、ジュンサンを自分の生の圏外へと追いやっていることである*1。

ジュンサンの事故死の十年後、大学を卒業しインテリアデザイナーの道を進んでいるユジンは、ジュンサンに生き写しの建築家ミニョンと仕事を通じて知り合い、惹かれ合うのだが、婚約者サンヒョクのユジンへの執着のために三人ともに苦しむことになる。三すくみの状態は、ミニョンが実は記憶を失ったジュンサンその人であることが明らかになり、サンヒョクがとうとう身を引く決意をして一旦は解消されるのだが、次の展開として、彼らの親世代の愛憎の過去が掘り起こされ、今は亡きユジンの父に失恋した過去を引きずる、ジュンサンの母カン・ミヒが、ジュンサンの父はユジンの父でもある、と明かしたことで二人は別離を余儀なくされる。この衝撃的な報知の前に、二人はなす術を失うのだが、ここでも不思議なのは、病院のシーンが大変多いドラマであるにもかかわらず、二人が血液検査さえ思いつかず、兄妹であれば当然、同学年であるはずもなく、さらに、カン・ミヒという人物が心優しい母であるどころか、自分の都合のためには一人息子の意志を平然と踏みにじることも厭わぬエゴイストであることを十分に知りながらも、ジュンサンもユジンもカン・ミヒのこの嘘に、無防備な子どもの様に手もなく呪縛されてしまったことである。しかもジュンサンの実の父であったカン・ジヌ（サンヒョクの父）は、二人が生木を引き裂かれる様にして別れる決意を固めたこの直後、血液検査によってジュンサンが自分の息子であることを確認し、カン・ミヒの嘘はわけもなく露見するのだが、肝腎の二人はミヒの言葉を少しも疑おうとしないのである。わざとらしくさえ見えるこのうかつさの故に、二人の嘆きようがいささか滑稽にさえ見えてしまう。

　しかしこれをドラマ作りの拙さの責めに帰すことはできない。つまりこうした迂回、そうであるかのように視聴者にも主人公たちにも思わせつつ、後にそうではなかったことが明らかになる、という繰り返される迂回は『冬のソナタ』の著しい特徴なのであって、その反復を通じて、実は二人には、別れなくてはならない現実的な事情などどこにもありはしない、という事実を暗示していると言う解釈に導くのである。ということは、二人が兄妹であってもなくても「ユジンが一人旅立つ」という結末には何らの影響も及ぼさないことになるのである。それなのに、かつてユジンがジュンサンの事故死を、自分の目で確かめようとしなかったのと全く同様に、ミヒの言葉を、自分たちで確かめてみる努力を怠ったまま、二人がままならぬ自分たちの運命を嘆き、互いに遠く別れて行こうとする、という悲恋のパフォーマンスがたっぷりと演じられるのが『冬のソナタ』の不思議さ、いいかえれば戦略である。兄妹ではなかったという、二人の運命にとって決定的な展開をもたらすべき〈真相〉は、あたかも黙殺されたかのごとくに物語は素知らぬ顔で進行してゆき、悲恋ドラマの模倣として別離が訪れるのである。

　ラストシーンの「不可能な家」での再々会は、その名の通り、二人の居場所がどこにもないことを示唆している。言い換えれば「不可能」のイメージ化、審美化であって、物語の時間はユジンがフランスへ発つ場面、すなわちユジンが過去に決別したところで終わっている。小稿は、このような展望のもとに、『冬のソナタ』の隠された、神話的、妖精物語としての構造を明らかにしようとする試みである。

2、冬の精霊

　ドラマの構造を読み解くためには、前述のように、この物語に前景化している、三角関係や、四角関係などの恋愛ドラマの要素や、さらにはその起源としての、ユジンの父をめぐる親世代の確執など、過剰に演じられる世俗的パフォーマンスの中にあってそれらの現実性とは明らかな不協和音をたてている、特定の細部を意識化し、検討しなければならない。

『冬のソナタ』について語られるとき、恋人であるユジンとジュンサンに、十年後の再会の時には二人は二十代後半になっているにもかかわらずラブシーンがないことが、ユジンがよく寝ることとともに揶揄されたことがあった[*2]。ふたりきりになり、当然、あるべきラブシーンが予想される場面で、ユジンがなぜか寝てしまう、という演出が反復されるのである。しかしこのことこそが『冬のソナタ』の〈もう一つの顔〉をはっきりそれと知らせているのである。

ジュンサンの死の十年後に、ミニョンとして現れた、ジュンサンに生き写しの人物が、実は記憶を失ったジュンサンその人であることが判明し、失意のまま米国へ去ろうとするジュンサンをユジンが空港へ追いかけ、互いを確認し合うというドラマの一つのクライマックスとなる局面（第14話）を検討する。二人が空港のホテルの部屋で、涙の顔を見合わす場面は意外に短く、次に映るのは、ユジンがベッドで昨日の服装のまま寝ている傍らでジュンサンがサンヒョクに電話をかける場面である。ユジンの服装が全く昨日のままであることは、二人の間に性的な何事もなかったことを示すものであり、このドラマが主人公二人から性的な要素を完全に排除しようとしている意図を示唆している。このように、二人きりの場面にユジンが度々眠ってしまうのは、ユジンが鈍感な女性であることを語りはしない。そうではなく、ジュンサンがユジンと対関係となるべき男性ではないと、明かしているのである。『冬のソナタ』は、次々に生起する出来事のリアリティで偽装することによってジュンサンという人物の幻想性（中性性、非実在性）を隠そうとしている。すなわち二人の〈関係性〉の実相を隠そうとするのである。だからジュンサンは、ユジンの幼なじみの婚約者サンヒョクのライバルなのではない。サンヒョクと構造的に敵対しているのはユジンその人である。


ユジンは、逃れようとする少女、そしてサンヒョクは少女を、この父権社会にとってもっとも有用な人的資産として取り込もうと包囲網を敷き執拗に追う、共同体の欲望を象徴するものである。この人物がユジンの魂の自由を尊重するどころか、拘束しようとのみ行動していることは明らかな事実である。自分がユジンにふさわしい伴侶であるかどうかを一度たりとも疑おうとしないサンヒョクの強引さ図々しさは、自らの固有性には根をもたず、この社会の盤石の支えを手中にしているという無意識の自信に由来するものである。サンヒョクは、唯一人の個人としてユジンに対峙しているのではなく、近隣や世俗を後ろ盾にした社会的力関係の優位性によってユジンに向き合っている卑劣さを、愛情というブラックホールのような言葉で常に隠蔽し続け、したがって自分がユジンに与えている抑圧にも見て見ぬ振りをし続けることができる、そうした重層する自らの残忍さに全く無感覚な人物なのである。ユジンは、ドラマが始まる高校生のときにはすでに、このようなサンヒョクが押し付けて来る抑圧とただ一人で戦っていたのである。

ユジンが孤軍奮戦するこの戦いに、ユジンの援軍としてユジンを解放するために束の間出現した〈冬の精霊〉がジュンサンなのである。だからこそドラマの享受者は、ジュンサンが冬が来ると現れ、冬の終わりが近づくとき、消えてゆくパターンを繰り返し見せられることになるのだ。このドラマのキーイメージとなり、タイトルに、毎回繰り返しその神話性をささやき続けているかのような初雪デートのシーンや、ミニョンが登場する場面、また記憶が戻るなどの、ドラマ展開のクライマックスは、常に降りしきる雪の中であることに注目したい[*3]。

だから二人は決して男女の関係にはなり得ないのだ。

3　相似表象

彼が現れるのは、少女ユジンのアイデンティティの危機の時である。ジュンサンが最初に高校生として登場する時には、サンヒョクが、幼なじみから彼女の恋人へと進み出ようとしていた。ユジンの母は、夫と死別した後ささやかな商売でユジンと幼い妹を養ってきた。そうした生活の労苦を知っているユジンとは異なり、大学教授の一人息子で、「何もかももって」おり、「好い奴」と、ユジンも認めるサンヒョクの求愛を拒否する理由は見つからない。しかし、倒木の上を平均台の様に渡るのが好きなユジンが、差し伸べるサンヒョクの手を決して取ろうとしないことで示される様に、ユジンは彼女に迫ろうとするサンヒョクをきっぱりと意識下で拒否している。けれどユジンはサンヒョクを拒否することは出来ても、サンヒョクと結ばれることを期待して止まない友人や母を落胆させることが出来ない。ユジンの幼さは、「好い奴」であるサンヒョクを悲しませることが、そのまま自分の身近な人々をも悲しませることだと感じさせてしまうのである。その理由は、「好い奴」の意味が、この社会の秩序と価値観に忠実な人物であることを指し、それがユジンの自由を奪おうとするものであることをユジンはまだ十分に意識化することが出来ないからだ。サンヒョクも社会も、ユジンのこの幼さ、無防備さ、優しさにつけ込もうとするのである。

ジュンサンは、このような状況に現れ、ユジン自身が意識下で待ち望んでいたもの、学校を抜け出すこと、男子と手をつなぐことなど、ときめきと逸脱と解放の「初めて」の経験を彼女に贈る。このように見ると、少年の姿で出現したジュンサンとは、ユジン自身の自由と解放への願望が分泌した分身のように思える。父が不在であることも一致しており、ユジンはジュンサンとセットで一つの全体像を示している。ジュンサンがユジンのもう一つの自我、イドであると考えられるインデックスはいくつもちりばめられている。ジュンサンは自分の孤独をユジンに次の様に語った。

「ある男が影の国に行ったんだけど、まわりは影ばかりだから誰も話しかけてくれなかったそうだ」
「それで？」
「それで、その男はさびしかったそうだ。終わり」

〈第1話〉

「影の国」の住人であることが、ジュンサンの現世での孤立性、異形性を示すとするならば、それはそのまま意識下にユジンが秘めているものを表象している。ジュンサンのこの言葉は、共同体の中で、自分自身との不一致を抱え込んだ少女ユジンの意識下の光景を示すものに他ならない。ユジンとジュンサンが分身関係である故にこそ、この二人は兄妹のようでもあり、恋人のようでもあるが、実はどちらでもないわけである。それなのに二人が「似ている」事実は、後に二人が記念の写真を撮ろうとした時の写真館の主が「おふた方、よく似ていらっしゃいますね」〈第17話〉と証言している。ユジンに似ているジュンサンは、紛れもなくユジンの「半身」なのだ。したがって『冬のソナタ』は、ユジンが、生涯の、ある束の間に現れた、自分の「半身」〈分身〉を手放すまでの物語、なのである。

ユジンがジュンサンと初めて出会うのは、眠りから覚めた、二人きりの通学バスの中である。目覚めて初めに見たものを恋する、というシェイクスピア「夏の夜の夢」の、王妃タイタニアに仕掛けられた魔法を遥かな光背とするこの場面に『冬のソナタ』のファンタジーとしての顔がのぞく。ユジンと少年との出会いは、明らかに〈妖精物語〉としての異空間、非日常の光彩のうちにある。

しかしバスが学校に着けば、ジュンサンは、転校生としてクラスに紹介され、学校という現実社会に吸収されるとともに二人はたちまち嫉妬や競争がもたらす共同体の世俗的感情の渦の中に否応もなく巻き込まれることになる。

このようにこのドラマは、二人切りの場面にしばしば見られる、隠れていた何かが気まぐれに姿をのぞかせるかのようなファンタジックな語り口と、それとは全く異質な現実的な語り口とが交互に、互いに不協和音をたてながら展開していくのである。この、一風変わった転校生との出会い、というささやかな異変は、次に述べるように、どれほど過剰に「初恋」や「悲恋」などの主題歌の情趣がまぶされようと〈初恋の人との出会いと別れ〉といった、現実的な対関係をめぐる出来事とはあくまで異質なのである。ユジン以外のものから見れば、ジュンサンはユジンと対関係にある男性に見える。しかしユジンとジュンサンは前述のごとく男と女の関係にはなり得ない、異次元の関係構造としての内的制約をもつ。この決定的なちぐはぐさがドラマの至る所できしみをたてているのが『冬のソナタ』の基本的性格である。

ジュンサンと出会った後、ユジンは彼と彼の孤独を自分の中に取り込みつつ模倣しつつ、比喩的に言えば引用しつつ生きることになる。すなわちジュンサンの中に、自分の中の他者を〈分身を〉見出していくのである。高橋英夫は『役割としての神』[*4]のなかで、引用が分身関係を作り出すことを次の様に述べている。

引用は、まだ明確につかみ取ることのできない原初（現状）に、明確な形象を与えて原初を再現する働きをもち、それによってはじめて原初（現状）は輪郭をはっきりと示す、と。そしてイエスは「「引用」によってのみ己の最も深い何ものかを辛うじて語り得た」とも。処刑の場で旧約聖書の「詩篇」第二二篇「わが神わが神なんぞ我をすてたまふや」を引用したイエスについて述べたこの言は、高橋の文脈を無視するリスクを侵すなら、図らずも私が述べたいと思う『冬のソナタ』の神話的構造を明らかにするためにも有効である。ユジンは、ジュンサンとともに学校をさぼるなどの経験を通じて「秘密」というものを持ち、「秘密」をもったことをサンヒョクから責められながら、その秘密の核にある他者、ジュンサンを見つめることによって「まだ明確につかみ取ることのできな」（『役割としての神』）かった、自らのアイデンティティを深化させることができた、と言えよう。いつもそばを離れない幼なじみのサンヒョクを本当は忌避しているのだと。ドラマは、少女ユジンがジュンサンの孤独を内面化し、引用することを通じて、共同体のなかで浮遊する魂が自らを深化させ、現実的にもこの社会を見限って行くプロセスを〈冬の神話〉として語ったものである。

4、共同体の欲望

倒木の上に跳び乗って平均台の様に歩いてみせる習癖は、ユジンの独立心と冒険心とを示す表徴として幾度も表れる。ユジンのこのような心性が、彼女の成長に伴い、人生を律するものとして深化されるならば、父権性社会に適合した未来を予定調和的に設計するサンヒョクと敵対せざるを得ない。サンヒョクが、ユジンの自由を決して望まず、〈捕獲〉しようとする社会そのものであることは、ユジンの行方が知れなくなる二度の場面（第2話、高校時代、放送部の合宿でユジンが道に迷って帰れなくなってしまったとき、第3話、サンヒョクとの婚約披露宴の日に、町でジュンサンにそっくりな男を見かけて必死で探し回り、宴に間に合わなくなってしまった時）のサンヒョクの反応に明らかである。恋人がいなくなる、という思いもかけない局面に、サンヒョクはためらわず「捜索願を」（警察）と連呼する。つまりそこにこの人物の意識下の、ユジンに対する警察的心性を見ることは少しも不自然ではない。サンヒョクはユジンにジェンダー化を促し、性的に接近しようとし（婚約者であることを性的権利に転じてレイプさえしようとした）、すなわち〈捕獲〉しようとする。誰の認識をもすり抜けてしまうこの人物の、愛情に見せかけた酷薄さは、ジュンサンがユジンに靴を履かせる二度の場面（第1話、学校の塀の上のユジンに、第13話、サンヒョクとの結婚のためのドレスを試着し靴が脱げてしまったユジンに）と照応している。倒木の上を歩くユジンの手を取って支えようとするのと同様に、ユジンの望みのままに歩かせたいと願っていることを示すこの行為は、ユジンとジュンサンの協同性を、すなわち分身関係を際立たせ、同時にジュンサンの、存在としてのファンタジー性をも照らし出す。また二人のこうした場面は、映像としてもファンタスティックに、ソフトフォカスされて、このドラマのキーイメージともなっているもので、リアルな世界としてパフォーマンスされつつ、その奥で、二人の関係の聖性と、ドラマの神話的性格とを密やかに開示している。

5、ユジンのアイデンティティ

「少女こそはまさしく「欠けたるもの」の象徴である」[*5]と本田和子は述べている。本田氏の論の文脈をいささか逸脱するがユジンはまさに、少女そのものの属性としての〈欠落〉を抱え込んでいた。フロイトは、次世代を育成するための肉体構造に秘められた〈内的空間〉を、女性アイデンティティ形成のための核心と捉え、E・H・エリクソンも、フロイトのこの説を踏まえ、その「「内的空間」は、潜在的可能性が実現される中心点であり、しかも絶望の中心点でもある」（傍点引用者）と述べ、次の様に続ける。「空虚性というのは、破滅の女性的形態であり、しかもすべての女性が知っている標準的な体験なのだ。女性にとっては、取りのこされるということは、空虚なままにほっておかれるということは、身体中の血や、心の温かさや、生気そのものまでもがカラにさせられてしまうということなのだ。したがって、そういうとき女性は、なぜあれほどまで深く傷付けられるのかということは、多くの男性にとっては全くの驚異なのだ」[*6]と。このドラマは、すでに検討した通り、少女のアイデンティティ形成の物語という側面を持つのだが、このエリクソンの洞察が、ユジンと、そして主人公二人を最後まで翻弄するジュンサンの母、カン・ミヒの造形の動機の解釈に役立つ。ユジンの場合は女性が孕みもつ〈内的空間〉が「潜在的可能性の実現」の推進力として機能しており、そして過去の失恋の痛手を引きずるカン・ミヒの場合は、それが「絶望の中心点」であったことが、この二人の敵対性とそれに基づくドラマ展開の内的決定因を成すと言えよう。

父が不在で、母が商売をして働き手となっている環境で、ユジンは少女ながら幼い妹の面倒を見、家庭を支える役割を果たしている。こうした環境では自己愛を十分に発揮することは抑制されざるを得ない。ユジンが、社会が最も欲望する女性像として狙われるのは、先述のように、ユジンが境遇に従順に適応し、自己愛を存分に発揮しない、という善良さを見込まれてのことでもある。同級生のチェリンのような自我主義者でもなく、もう一人のチンスクのような、職業上の専門性を持とうとせず、すんなり専業主婦を引き受けていくタイプでもなく、専門的キャリアを持ちながら、つまり経済的、精神的な自立性を保持しつつ、かつ社会のジェンダー秩序にも従順である、というのが、現代の韓国の資本主義社会が高く評価する女性像であることが、ユジンを理想化するこのドラマによって明らかになる。しかし父の不在、という生育環境は、社会的規範を持たない、という意味で「自由」への回路が開かれていることでもあり、同じく父の不在ゆえに、自由であると同時に、同一化すべき対象を見出せずに苦しむジュンサンと共振するのである。

よく似た顔の二人は、合わせ鏡のように互いを映し合う。ジュンサンが出現する前のユジンは、周囲に大人のロールモデルを見出せないままに、サンヒョクが、彼女を女性として意識し始め、彼女を取り込もうとする包囲網が着々と準備されつつあった。けれどこのような、女性に対する社会の要請について先のE・H・エリクソンは、女性の人生の中に「心理的社会的猶予期間」があることに言及し、それを「成人としての機能が遅延された社会的に認められた時期のこと」と定義し、この期間にある少女は「両性具有的」に見えることがしばしばある、と興味深い見解を示してもいる。いち早いジェンダー化を誇るチェリンとも、またチンスクのような子供っぽさとも一線を画すユジンのどこか中性的なたたずまいは（チェ・ジウの好演によるが）、エリクソンが述べたような意味における「両性具有性」の表象、と言えよう。ユジンがジュンサンと出会ったのは、このような女性としての「猶予期間」が終わりかけた時、と考えてよいであろう。ユジンを連れ出すべく、すなわちユジンの意識下に潜む「自由」への願いを果たさせるべくジュンサンは出現したのだった。

河合隼雄は、少年少女の成長物語（フィリッパ・ピアス『トムは真夜中の庭で』など）に触れながら、社会的な役割としてのアイデンティティを越えて、「人間が私ということを定義しようとする時超越的なものと関連づけられる」と述べている[*7]。「超越的なもの」とは『トムは真夜中の庭で』のハティなど、主人公の孤独に手をさしのべ導く、分身や妖精などを指している。このような意味で、『冬のソナタ』は少女ユジンが、ジュンサンという分身に導かれつつ、社会的な役割ではなく、個として〈私を定義しようとする〉アイデンティティ形成の物語である。

馴染んだ親密な世界を一方では愛しながら、一方では孤独に魂の彷徨を強いられる、社会からジェンダー化を強いられるが意識下でそれを忌避している、少女という存在の普遍的原理としてのこのような葛藤状態は、高校生のときも十年後もユジンのなかで変わっていない。その時、ジュンサンが現れ、ユジンがどのような意味で境界線上にあるかを明らかに照らし出す。『トムは真夜中の庭で』の、真夜中〈十三時〉が打った庭がトムとハティの二人だけに用意された時空だとすれば、『冬のソナタ』の、高校生のときも、その十年後も、二人が遊ぶ雪の戸外が、〈聖なるこどもたち〉の王国であることを理解するのは容易い。このことについてはさらに後述する。

出会って間もない高校生のユジンとジュンサンの会話には、なぜか不思議なトーンがつきまとう。二人は、いつか別れが来ることを知っているかのようなのである。しかもその運命はユジンの方により強く感受されている。次に引用するようにユジンはしばしば「覚えておく」という言葉を口にする。


「何してるんだ」

「影踏み。影の国でさびしい思いをしないためにはどうしたらいいか知ってる?」

「知らない」

「誰かがジュンサンの影を覚えていてあげればいいの。こんな風に」

（略）

「覚えておこうと思って。ジュンサンの好きなもの全部覚えておきたいから」

（第2話）


二人は「覚えておく」を繰り返す。自分たちの「今」が遠からず終わってしまうことを、最初の出会いの時からすでに二人は知っている。この、〈二人の関係には未来がない〉という事実こそがこのドラマに侵入する神話的性格を暗示し、他の登場人物たちが関わって来る世俗的レベルにおけるドラマ的要素を偽装と感じさせてしまう要因なのである。しかしどのような意味で未来がないのであろうか。先に検討してきたように二人はたとえどれほど歳月が過ぎようと、あくまで少年と少女、として語られる。十代から二十代へと、子供から大人へと、大きく人生が変化してゆくこの時期に、その変化を自明のものとして生きる婚約者や友人のなかに、主人公二人を、人間世界にまぎれ込んだバンパイアのように、不滅の少年・少女として描くことに『冬のソナタ』は全てのエネルギーを傾注している、と見える。

十年後の再会後、二人は二十代後半になっているわけだが、高校生のときと同様に戸外の場面が強調され、他の人物たちとの関係とは区別されている。「雪の中で遊ぶ」というのがこのドラマのキーイメージであることはすでに触れた。初雪の日に二人が他に誰もいない雪の戸外ではしゃぎ戯れるタイトルに流れる映像こそこのドラマの核心を成す祝祭空間、神話空間であって、この時空を中核としてそれを包囲するように、ドラマの流れは拡散的に、時系列的かつ世俗的世界へと連結されてゆき、この異空間を、現実社会に生起する種々の世俗的物語で、すなわち「偽装」で覆ってゆくのである。したがってドラマを展開させる契機となるのは、まさに〈擬装性〉に他ならない。

『冬のソナタ』は、型通りと見える男女の三角関係、四角関係、親世代の因縁、婚約者サンヒョクの母とユジンの嫁姑問題などの世俗的葛藤をパフォーマンスしつつ、その奥にある神話世界それ自体の自律性を、崩壊と再生との季節的循環の相において描き尽くしたと言えよう。ユジンは記憶を取り戻したジュンサンに言う。

「十年前、あなたが死んだと思った時も、あなたがいなくなって、すぐに春が来たから。そんな風に、今年も冬が過ぎたら何もかも消えてしまうんじゃないかと思って……」（第17話）

と。そしてジュンサンも、

「僕だけ冬の中で生きているような気がします」（第11話）

と。くり返せば、二人きりの場面にドラマの本当の顔がのぞく。冬が終わるまでの束の間が二人の時間であること、そしてジュンサンだけは冬の中に留まるものであることが。

6、ミニョン、ユジンの選択

ジュンサンとの別離の十年後、ジュンサンに生き写しの建築家ミニョンからユジンは愛され、自らも惹かれ、もともと愛しているわけでもない婚約者サンヒョクとの関係はたちまちユジンにとって重荷となる。しかしユジンはミニョンに惹かれながら、また一方でサンヒョクを少しも愛していないことを自覚しながら最終的にミニョンを拒絶する。「あなたはジュンサンに少しも似ていない」（第13話）と。こうして二人が今まさに別れようとした時ミニョンはジュンサンに変貌する。この展開は、呪力によって姿を変えられていた主人公が、彼を助けようとする少女の孤独な奮闘によって、元の姿に戻ることができたアンデルセンの『雪の女王』や『白鳥』、その他昔話の変身譚の話型の踏襲と見られよう。

ユジンが再びジュンサンと出会えるための最大の試練は、ジュンサンにそっくりなミニョンの誘惑に勝つということであった。ミニョンを選ぶということは、分身であるあのジュンサンを忘れることに他ならない。ユジンはそのことをよく知っている。婚約者サンヒョクとの関係の進展が際限もなく引き延ばされていた期間は、ミニョンがユジンを欲望していた時間とぴったり重なっている。

ユジンはその双方を拒絶することによって試練に勝ち、ふたたびあの半身を手に入れたのだった。ユジンとミニョンとサンヒョクとミニョンを愛するチェリンとの四角関係が、ミニョンがジュンサンに変身することによって解体するまでの一連の騒動は、昔話やファンタジーの「変身譚」を覆い隠すための〈表の顔〉であり『冬のソナタ』がファンタジーの世界と地続きにあることを明かしている。

7、装われた深刻さ

考察してきた『冬のソナタ』の二つの相は、この物語に二つの時間性が混在していることをも意味する。一つはリニアな不可逆の時間性で、この時間性の中で、少女はその社会のジェンダー秩序に従って人生を進めてゆく。ユジンを取り巻く母、友人チェリン、チンスクなどはこの時間性に帰属している。しかしユジンは、半身はこの時間性に絡めとられながら、半身はもう一方の、異邦の時間性に帰属している。そしてジュンサンは言うまでもなくこちらの住人でしかない。ジュンサンが、冬が終わるとともに〈崩壊〉するのは、彼がこの神話的世界の住人であることの証である。小浜逸朗は、前述の『トムは真夜中の庭で』の時間性について「人は一律に流れる時間のもう一つ奥に、それぞれ固有の時間をもつということ、そして固有の時間は、ほかのだれかと幸福な共有を実現できることもあるが、永遠に共有できるわけではない」(『人生を深く味わう読書』*8)と述べている。ユジンがジュンサンを見ることができた時間(冬)は、トムがハティを見ることができた真夜中の十三時に照応するが、それはいずれにしても〈消滅〉を条件づけられているのである。

万物が競って成長する春を、ジュンサンがユジンと共に迎えることができない、というのが〈冬の精霊〉の物語であるこのドラマの内的機構なのである。だからすでに触れたようにすべての世俗的ドラマ展開は、この機構を隠蔽するために動員されるのである。ユジンは、建築家ミニョンとジュンサンが同一人物であったことを知り、アメリカへ去ろうとしていた失意のジュンサンを空港へ追いかけるのだが、ジュンサンはユジンをかばおうとしてまたもや事故に遭ってしまう。そして雪が降り始め、病院のベッドで、ジュンサンはかつての記憶と共に目覚め、傍らに見守るユジンを見出す。しかしこの後の、ジュンサンの記憶を完全に取り戻そうと助け合う二人の束の間の至福の中で、ジュンサンは名付けようのない「不安」に捉えられてゆく。このジュンサンが感じている不安について、ドラマを享受するものは、なんらかの恋の障害が現れることの予兆と受け止め、それはやがて二人が兄妹だという、カン・ミヒのエゴイスティックな嘘に結びつくのだが、繰り返せば、この後その嘘が露見し、ユジンとジュンサンには血縁関係はなかった事実が判明する。このいらざる迂回は、やはり、二人は結ばれない、という深層の関係構造を隠蔽し、「実らぬ恋」をパフォーマンスする為としか考えられない。ジュンサンがこのとき感じた「不安」の正体は、冬の終わりが近づいたこと、すなわち冬以外の季節には存在することができないものの不安、に他ならない。したがってジュンサンの来歴がきわめて曖昧なのもジュンサンその人の正体不明性、言い換えれば存在の幻想性に拠るのである。

ジュンサンの出現の理由として、「父親探し」という一つのコードが用意されているのだが、実はこのテーマは、はなはだいい加減な追求のされ方しかしていないのである。ここに見るべきもやはり〈装われた深刻さ〉である。高校生のジュンサンは、ユジンとの初雪デートの日、帰りにユジンの家に誘われ、妹のヒジンからアルバムを見せられる。その古い写真の中に、自分が父探しの手懸りにしていた、母カン・ミヒとサンヒョクの父ジヌの若い頃の写真と同じものを見つけ、しかもそこに自分が所持している写真には写っていないもう一人の男性、つまりユジンの父の存在を知り衝撃を受ける。それがどれほど大きな衝撃であったかは、ジュンサンがその写真を見るや否やユジンに別れも告げずにユジンの家から飛び出し、母であるカン・ミヒにアメリカに戻る決意を告げていることからも明らかだ。愛するユジンと永久に別れることを決意させたほどの衝撃とは、すなわちサンヒョクの父カン・ジヌではなく、ユジンの家のアルバム、母ミヒと並んで写っていたユジンの父こそが自分の父でもあることを悟ったから、という理由以外には考えられない。しかしそのような推測も成り立つ、という程度の可能性でしかないものを、なぜ少年が決定的な事実として受け取ったのかは一切説明されていない。この部分は明らかに説得力を欠いている。ジュンサンがトラックにはねられ、ユジンの前から姿を消すのはこの直後である。この父探しのコードはこの後、砂漠に水がしみ込むようにかき消えて、再びこの問題が浮上するのが、ドラマの終盤、二人の結婚が日程に上ったときなのである。

ミニョンとして出会ったジュンサンに過去の記憶が戻ったにもかかわらず、そしてユジンを目の当たりにしつつ、ジュンサンは、少年の日の自分の心をあれほど占めていた父親問題をすっかり忘れたかの如くなのである。十年前のあの時、二人を長い年月隔てることになった直接の原因について二人はまったく素知らぬ顔、なのだ。

ジュンサンの父親が誰であろうと、ドラマの内奥の旋律、すなわち〈冬が去る〉という神話構造には何の影響もないのである。その証には、サンヒョクと腹違いの兄弟であることが判明したからといって、ジヌもサンヒョクも重篤の病を抱えたジュンサンに対して何一つするわけでもない[*9]。ジュンサンはやはり唯一人で、冬が去ろうとするこの場所から立ち去っていく他はない。あの十年前と同じように。

ジュンサンがアメリカへ発つときの「サンヒョクのもとへ行くように」というユジンへの言葉は、ただ季節が終わろうとすることに伴うジュンサンの〈壊れ〉の自覚と見る他はない。なぜならジュンサンはサンヒョクに「(ユジンを)譲ってくれるのか」と問われて「愛は譲るものではない」、そして「君なら。ユジンの側に、僕よりずっと長くいてあげられるから」(第20話)と答えている。兄が弟に恋人を譲る、という世俗的パフォーマンスを除外すれば、ジュンサンの言葉は、ただ自分の生命がもうじき終わることを暗示するのみであることが判る。だからこそジュンサンはこのときサンヒョクに「ここは冬の空がとてもきれいだった。(略)でももうこの空も見られなくなるんだな」と、つぶやいている。それについて「どういうことだ」とサンヒョクに問われて、「(手術のため)これから空港に行くんだ」と、ジュンサンは答えるほか術はない。自分とは異なる時間性に帰属する人物たちには合理的な説明をするしかないけれども、この屋上の場面は、ジュンサンの絶望が首尾一貫して〈冬が去る〉ことに起因するものであること、そして他の人物たちにはその事実は決して見えない、というドラマの隠された構造を示す重要なものである。

交通事故による脳の障害というアメリカ行の理由付けは、十年前の冬に、ジュンサンが消える時の交通事故の反復であって、『冬のソナタ』が絶えず擬装するドラマであることを明かすのみである。したがって「サンヒョクのもとに」などという言葉にユジンが少しも動かされるどころか、すでに役割を終えたジュンサンを見捨てて留学してしまうのは当然である。このドラマは、ユジンが一人で歩けるようになるまでの、つまり自分の半身をぬぎ捨てるまでの物語なのであるから。

ジュンサンの父親探しのコードは、繰り返される〈交通事故〉とともに、〈冬が去る〉というジュンサンの存在論的危機に際してのみ、それを覆い隠すために、すなわちジュンサンの正体を朧化するために必要とされた〈擬装〉である。こうして『冬のソナタ』には常に、二つの世界に対応する二つの解釈が用意されていることが明らかとなる。

8、不可能な家

ジュンサンとの別離から十年後、ユジンの仕事の発注者となったミニョン(実は過去の記憶を失ったジュンサン)に、結婚したらどんな家に住みたいか、と聞かれたユジンは、具体的なことについては何一つ語ることなく、「好きな人の心が自分の家だと思う」と、答える。この答えは、ユジンの心に潜む二つの事実を明らかにする。一つは、ユジンはサンヒョクと結婚の約束をしていながら、それが現実化するとは考えていないこと、少なくともサンヒョクとの結婚による未来をまったくイメージできないこと。もう一つは、これが重要なのだが、ユジンは、この社会における自分の居場所についてやはり具体的なイメージをもっていないこと、言い換えれば自分とジュンサンとの関係には居場所がない、と知っていることである。だからこそユジンの設計した家は「不可能な家」と呼ばれるのであり、ドラマの最後にユジンが、「不可能な家」の模型を、別れていくジュンサンにプレゼントする場面は、この時のミニョンとユジンが交した、家をめぐる問答の反復なのである。ジュンサンとユジンが住む家は、「不可能」と名付けられた空間であって、現実の中にはない。

「不可能」な空間でユジンが盲目のジュンサンに出会うラストシーンでは、何を意味するであろうか。すでに準備の期間である冬は去り、季節は万物が生命力を競い合う春を迎えており、その中にユジンはいる。ジュンサンが盲目なのは、彼が冬以外の季節に出会うことがないことの隠喩的表象である。いいかえればすでにジュンサンは死んでいる。それはユジンがジュンサンという分身を必要としないところに至り着いたという意味に他ならない。このシーンは、ユジンが、過去の自分の半身を抱きしめているのである。このドラマに、ユジンの〈不可能な空間〉がどこへ開かれて行くのかは示されてはいないけれど、分身の死は少女時代の終わりを意味するのでは決してない。しかし〈一人立ちした少女〉と〈不可能な空間〉とが結びつけられたところでドラマは終わっている。〈冬の神話〉はその先へはもう行くことができない。

ジェンダーの秩序化を強いるこの共同体の時間の中を進もうとせず、冬を抜け出て自己確立した少女ユジンを、海の眺望が広がる豊かなイメージの中に解き放ち、分身ジュンサンの死を暗示しつつドラマは閉じられたのである。『冬のソナタ』は〈少女〉についてこの認識に至ったというべきであろう。

しかし冬は必ず回帰して来る。少女が少女である限りは。冬が来たら、初雪が降ったら、誰かが私を呼ぶかも知れないのだ。『冬のソナタ』は、〈未だない分身〉を探しているすべての〈少女〉たちへの贈物である。

注

1、水田宗子氏は「すべてを知った上でのユジンの選択と決意が、巧みな現代のおとぎ話である『冬のソナタ』を、現実主義的な醒めたリアリズムの視点を持つ観客も共感できる「現代ドラマ」にしているのではないでしょうか」

（『韓流　サブカルチュアと女性』二〇〇六年九月　至文堂）と述べているが、小稿は、少女のアイデンティティ深化のために必要とされた、少女の、自らの分身との出会いと別れの物語としての構造的必然と見る。

2、尾形明子氏はユジンが「ジュンサンあるいはミニョンの横で、記憶するだけでも六回ぐっすりと眠る」「実によく眠る」ことに注目し、「凡庸でどこか鈍い、イノセントな女性の象徴のようにも思えて来る」と述べている（前掲『韓流　サブカルチュアと女性』）が、小稿はユジンの少女性に焦点化する立場であり、したがって氏のいう、ユジンが「凡庸」であるとの根拠は見出せない。

3、北田幸恵氏に「冬、雪、白が、二人の愛の生成、記憶、記憶回復の上で重要な役割を果たしていること」、それらが「ストーリー、プロット、テーマ、人物像、会話など、「冬のソナタ」の内的構成力になり、あらゆるレベルで「冬のソナタ」の物語を生産している」と、基本構造に関わる重要な指摘があり、「韓国人が特に冬の季節を好む」（「物語生産力としての〈雪〉」前掲『韓流　サブカルチュアと女性』）ことにも言及している。

4、一九七五年五月、新潮社

5、本田氏は、世界がしばしば少女に〈救世主〉の役割を委ねることの理由を「人々が、そして、時代が、その希求するものの体現者として、しばしばこうした（「貧しさ」「幼さ」「無学」）非力なものを選ぶのは、この潔いまでの「欠如」のゆえであろう。そして、「少女」こそは、まさしくこの「欠けたるもの」の象徴であった」（「少女救世主たち」『少女浮遊』一九八六年三月　青土社）と述べており、小稿の少女観にも影響している。

6、『アイデンティティ　青年と危機』（岩瀬庸理訳　一九七三年四月　金沢文庫）

7、河合隼雄は一九七〇年代にアメリカにおいてファンタジーの評価が急激に高まったことに触れつつ、「自分の内界との関連におけるアイデンティティの深化には、ファンタジーを必要とする」と、示唆している。（『〈うさぎ穴〉からの発信』一九九〇年一一月　マガジンハウス）

8、『人生を深く味わう読書』（二〇〇一年一一月　春秋社）

9、岡野幸江氏は「そこにあつい兄弟愛の確認はない」ことに注目している。（前掲『韓流　サブカルチュアと女性』）

翁の思想
――流れこむ伝承・伝説

小林とし子

明石入道の夢　消える父

彼は不思議な夢に生涯をかけた。その生涯は夢にまつわる神秘につつまれていて、あたかも彼自身が夢のなかを生きたかのようだ。彼は大臣家に生まれた。その後播磨守となり播磨に移住、出家の後は明石入道と呼ばれた人物である。

彼の夢は実現してしまうのである。夢というものの神秘の力にあるいは打ちのめされてしまったのではないかと思えるのだが、その夢に突き動かされて運命を生きざるを得なかった。とはいうものの、彼がその運命を自ら進んで受け入れていくという根本に、都での官僚貴族としての出世がもはや望めないという、没落しかけた名門貴族の屈辱感と焦りがあったのであり、もはや諦めと絶望しかないところからの上昇には理屈を超える力が必要だった。それが夢であったろう。その夢の実現のためには彼自身は消滅しなければならないとしても彼はその夢に賭けてみたのである。

近衛中将の官職にあったという彼が四十歳あまりの頃見た夢は、後に明石君によこした手紙（若菜上巻）によれば次のようなものだ。

わがおもと生まれたまけむとせし、その年の二月のその夜の夢に見しやう、みづからは須弥の山を、右の手に捧げたり。山の左右より、月日の光さやかにさし出でて世を照らす。みづからは山の下に蔭に隠れて、その光にあたらず。山をば広き海に浮かべおきて、小さき船に乗りて、西の方をさして漕ぎゆく、となむ見はべし。

あなた、つまり明石君が生まれなさろうとしたある年の二月のある夜の夢に見ましたのは、私自身が須弥山を右の手に捧げもっていた。その山の左右から太陽と月の光が清かに差し出て、この世を照らしていた。私自身はその山の下の方の蔭に隠れていて、月日の光にはあたっていない。山を広い海に浮かべたまま、私は小さい船に乗って西をめざして漕いでゆく、という夢だったのです……。

その後の彼の運命を予兆する夢であった。しかも、そのころより彼の妻は妊娠した、とある。この夫婦の年齢を概算ながら計算すると、当時彼は四十歳を過ぎていたはずであり、妻は三十二、三歳ぐらいと思われるが、第一子出産としてはいささか遅く、子のない夫婦が神から授かるという申し子の要素をこの明石君は持っていたのだと考えられる。

ちなみに、この夢を見たのが「その年の二月のその夜」というように二月だけ明確にしているのはこの「二月」に意味があるに違いない。二月の頃より子を孕んだというのを、この時期に受胎したのだと考えれば、出産は十一月になる。陰陽五行で言えば十一月（旧暦）は十二支の〈子〉であり、〈ふえる〉の意味で新しい生命が萌しはじめる状態を表わすという。明石君とその子孫の未来を暗示していると言えようか。

この夢では、明石君は須弥山という仏教の世界観では世界の中心にあるという山に準えられ、彼女のめぐりを日と月がめぐるというスケールの大きさだ。日は帝、月は皇后を表しているというのだから、彼女を中心とする皇統の世界が顕示されていると言えよう。しかも、須弥山は海のなかに高く聳えているという、明石君の〈山〉の要素と〈海〉〈水〉の要素が備わっており、さらに言えば、明石君の容姿の特徴としてあげられる〈そびゆ〉の要素もあるではないか。明石君は、背の高い、すらりとした女性であった。

しかし、この夢での彼自身の運命は、消えてゆく父というものであった。彼自身は、明石君が統べる皇統の恩恵を浴びることはなく、小さい船に乗って去ってゆくというものである。この夢を受け入れるということは、消えてゆく自らの運命を受け入れることでもある。

入道がこの手紙を京の明石君のもとへ送ったのは、孫娘（この時は東宮女御）が男御子を生んだという情報を得たからであった。彼の夢はまだ実現してはいないが、実現の可能性はきわめて高い。そこで、手紙にはさらに次のように記す。

若君（東宮女御）、国の母となりたまひて、願ひ満ちたまはむ世に、住吉の御社をはじめ、果したまへ。

夢の通りに「若君」が生んだ男子が天皇となり、さらに彼女が皇后や国母ともなれば、願をかけていた住吉の社その他にお礼詣りなさいますよう……。

彼自身は夢の予告にしたがって消える運命を生きる。それが、京を離れて田舎たる播磨への埋没であり、さらに、京には戻らず、最期は播磨の山の奥へと死を迎えるための入山であった。

明石入道のこの運命を系譜の観念で捉えなおすと、彼の子孫の運命は娘の明石君の出産という女の力に託されたのであって、彼の父系の系譜は消滅することになるのである。明石入道という〈父〉が消えるとは、父系が消えることに他ならない。

明石入道のこの系譜は、歴史上の藤原山蔭とその子孫の系譜を想起させる。

藤原山蔭という歴史上の人物とその子孫、そして、「山蔭中将（あるいは中納言）伝説」を明石入道の物語のモデルとして重ねあわせてみると、見えてくる新しい視点があるのである。

先に引用した文では、明石入道は「山の下の蔭に隠れて」という状況で山を捧げているが、これは〈山蔭〉を意味していないか。この本文には、明石入道と藤原山蔭の重ねあわせが込められていると思われる。

藤原山蔭と明石一族の物語

藤原山蔭という人物についてはかなり考証がなされていて、よく知られたものと言えるのだが、しかし、先行論文を探してみたのだが、管見では明石入道と藤原山蔭の関係を論じたものは今のところ得られないでいる。あるいは見落としがあるのかもしれないが、これは〈明石一族物語の研究史〉における盲点ではないかと思われる。明石一族の物語をいかに解釈するか。ここに藤原山蔭の物語を媒介させることで、作者紫式部の歴史意識や時代認識すら感じ取れるものがある。

作者紫式部が生きた時代の摂関体制としては、摂関家の女子が入内して天皇の御子を生むというのが摂関体制維持の根本であった。女の出産能力の如何が問われた時代である。ここに母系の力が潜在するのだが、この母系の力を明瞭に打ち出しているのがこの山蔭流の女の系譜である。

藤原山蔭に関しては『大鏡』に次のような記述がある。藤原山蔭創設の吉田神社に関しての記述である。

この吉田神社は、山蔭の中納言のふり奉りたまへるぞかし。御祭の日、四月下の子、十一月下の申の日とを定めて「我が御族に帝、后の立ちたまふものならば、おほやけまつりになさむ」と誓ひ奉りたまへれば、一条院の御時より、おほやけ祭に　はなりたるなり。『大鏡下　藤原氏の物語』

吉田神社は、京都大学の傍らにあるささやかな山、吉田山の頂にある。山とも言えないような小さな山ではあるが、藤原山蔭ゆかりの由緒ある神社がそこに鎮座している。そして、その神社は、紫式部の時代、ささやかな山蔭一門の氏社としての域を越えて国家的な神社へと昇格するのである。山蔭はこの神社創設にあたって誓いをするが、それが「私の一族から帝・皇后が出現なさったとしたら、その暁には、私的な祭祀ではなく、国家的な公の祭祀といたしましょう」というものだが、その願が一条朝に至って実現する。

藤原山蔭は八二四年生まれ、八八八年没。藤原氏のなかでも魚名の流れだが、魚名が左大臣の時、氷上川継の謀叛事件に連座して左遷されてより、この魚名流はその後は政権においてはふるわなかった。山蔭は魚名から数えて五代目だが、従三位中納言まで昇進した。この『大鏡』の記事によれば、一度は衰退した系譜ではあるが、期待するものがあったということだろうか。その願いは、彼の子孫の、それも女系の力によって、百年後に実現する。

藤原山蔭の孫、時姫が藤原兼家と結婚して生まれた詮子が入内して円融天皇の女御となるが、その詮子の生んだ懐仁親王が即位して一条天皇となるに従い、母の詮子は、皇后を経ることなく皇太后となった。それが、寛和二年（九八六年）のことである。その結果、吉田神社は山蔭一門の氏社から藤原氏全体の社となり、朝廷からの公的祭祀を受けることになったという。山蔭の願はこれによって実現した。

さらに、正暦二年（九九一年）、皇太后詮子は出家して東三条院となる。これが女院というものの第一号なのだが、藤原出身ではあるものの女性の上皇となったのである。この時点で吉田神社は国家鎮護としての十九ある奉幣社のひとつに昇格した。

この女院として君臨した詮子を始めとして、この後つぎつぎと山蔭の女系による子孫たちが后となり、さらに国母となり、その女たちによって天皇が生み出されてゆくという時代が、まさに紫式部の時代であった。系図によれば、一条天皇の中宮彰子も、さらに言えば藤原道長も山蔭の子孫になるのだが、これは摂関家そのものの母方をたどれば山蔭にいきつくということである。ちなみに、作者紫式部自身も女系という点で言えば、かなり濃厚に山蔭の系譜に連なるのである。

次の系図を見れば山蔭の孫の時姫を始源として続々と后・天皇が出現するさまは壮観であり、さらに、道長の妻の倫子も山蔭の女系の系譜のなかにいる。当時の結婚形態が婿取り婚であることを考えれば、この女系の系譜に関する意識は、現代のわれわれが想像するよりも強いものがあったのではないか。

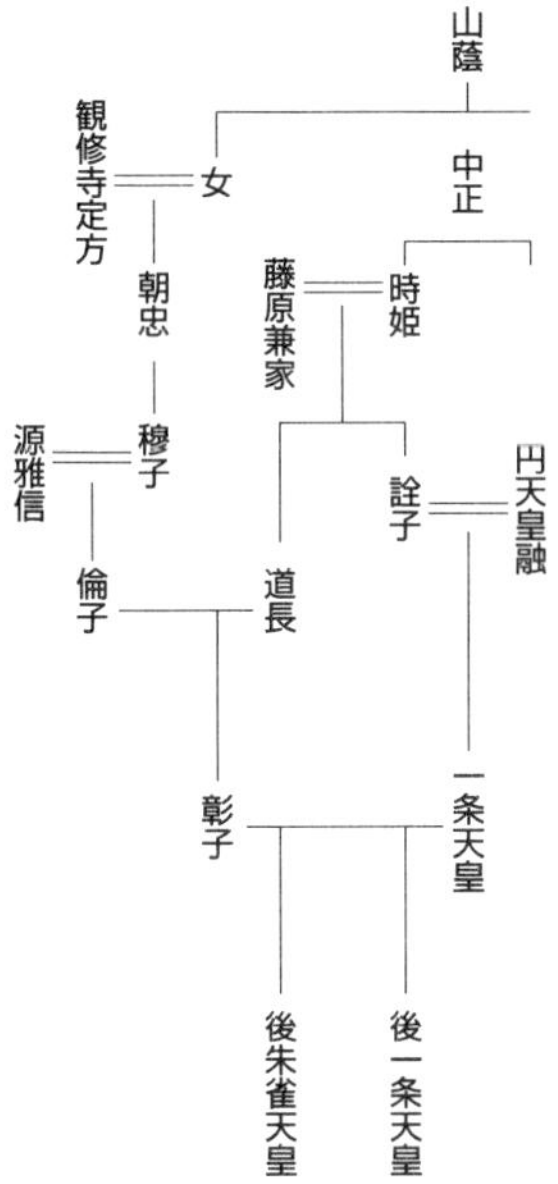

藤原摂関家と山蔭の関係は、道長の時代には、吉田神社の昇格に見られるように人々によく知られたものだったはずである。『源氏物語』の明石物語にこの山蔭の取り込みがあるとすれば、明石の物語を書くとは摂関家の物語を描くことにほかならず、摂関家の血脈を流れ続ける母系・女系の威力を描くことにもなる。

系図だけを観れば明石君のモデルとして想定できるのはさしずめ山蔭の孫であり兼家の妻となった時子であろうか。受領階級ではあるが、権門の兼家を婿取りしたこと、娘の詮子が入内して、のちに皇太后となり、天皇の母となったことなど、明石君と類似するところが多い。

ちなみに明石君の人物像には〈中の品〉としての紫式部自身の投影があるのではないか、とはよく論じられるテーマだが、この系譜のなかに彼女を位置付けてみれば、その可能性も考えられそうである。

実在した藤原山蔭の願の実現はあるいは奇跡だったかもしれないが、母系が重視された時代を考えてみれば、この一門の女系の繁栄はありうべきものとして捉えられるのである。男系に基づく官僚制度では望めない夢の実現が女の〈生む〉力によってなされたのである。また摂関体制の時代にあっては、「わが一族から后・帝が生まれる」ということは、天皇・皇太子を婿取りして次の天皇を生むという体制の究極の目的である。山蔭一門の場合はその前に権門の男を婿取りしなければならない。

明石入道もまさにこの夢に賭けて、光源氏という高貴な男を婿取りしたのである。

しかし、山蔭の史実に比べて、明石入道の夢も運命も神秘の力に取り囲まれているように感じられる。明石の物語が構築されるにあたっては、山蔭だけではなく、さまざまな伝承・伝説がそこに取り込まれているのであって、そこには現実の山蔭を超えてさまざまな要素が重複した重層的な人物造形が見られる。そこに、〈翁〉のイメージが込められていることを考えてみたい。翁に込められた思想のようなものが、明石入道からは浮き上がってくるのである。

明石入道の一生は、夢の実現を信じて、じっと待つことだった。しかし、その待つ姿は、人々には理解されがたい奇矯なものとして見えた。彼は都の人々からは〈変り者〉〈ひが者〉として批判と揶揄の対象とすらなる。

彼にとってはそれは落魄の思いではなかったか。近衛中将というエリート官職を捨て、受領として播磨国へ赴任する。都鄙の価値の違いや身分階級意識を考えれば、身を捨て、都を捨て、という、大げさに言えば埋没するような行動だが、彼はこの没落にあえて身を投じたのである。落魄のさすらいに生きる姿がそこにあった。

この播磨という国のイメージは彼の〈夢〉の実現の一端を担っているものだが、後述するところだが、播磨は山蔭中納言伝説とも関わりが深いし、さらに沖浦和光氏の『陰陽師の原像』（岩波書店　二〇〇四年）によれば、播磨は中古においては陰陽師の一大中心地であったという。それも芦屋道満に代表される民間の修行者による、いわば呪術的な世界であったらしい。播磨の山々は仙人のような修行者たちの世界として知られていたというのだが、明石入道にもどこかこのような仙人めいた造形がなされているように思える。

また、同書によると古代において播磨は渡来系の人々による文化圏が形成されていたという。猿楽の始祖とされる渡来系氏族の秦河勝は、世阿弥の『花伝書』によると、空舟に乗り、漂流の後播磨国那波にある尺師に打ち上げられ、その地で神となったという。能楽における翁のイメージも播磨の国は醸し出している。

明石入道が播磨守として身を捨てて赴任するのは、どこかで播磨の醸し出す呪術的威力に引き寄せられたからだろうか。

明石君と妻の尼君と孫娘が、つまり女系三代の女たちが京の都へと去ってからも彼は明石に残って、明石から都を見続けた。女たちが去った明石、そして播磨の国は父だけがいる国、つまり翁の世界である。見続けるとは〈夢〉の実現を待ち続けることであった。見続け待ち続けること十年を経て、彼の孫娘（東宮女御）は未来の天皇になるであろう男御子を生むという幸いを得たのだった。

〈夢〉が実現してしまった暁には、彼は山のなかへと、それも跡も残さず消えてゆくという感じで身を消してしまうのだった。

明石入道の、いわば四十歳以降七十歳にいたるまでの人生は、この世の運命を予兆し、それを見届けてのち、消える老人の姿であり、しかも、自分の行方も人に知られることなく、ことの成就を寿ぎ、祝福する姿である。それは、いわば〈翁〉として捉えられるのではないか。

明石入道は消える翁であった。この問題を『源氏物語』に即して解釈すると、彼は〈消える父〉である。明石君という女が、子を産むことによってその血統が皇統のなかへと入ってゆくためには、〈父〉は消えて、女系あるいは母系へと転化しなければならなかった。父系をあえて消すことで母系の力に賭けるのである。このことは、史実の山蔭流の系譜を取り込みながらも、それを超える物語創作の力が加わっていると言うべきだろう。

ところで、『源氏物語』のなかには、もうひとりの〈消える父〉、玉蔓巻における乳母の夫がいる。夕顔の乳母の夫は太宰の少弐として現れる人であまり注目されないのだが、彼の中には明石入道と同じ志があったように思われる。夕顔の乳母は、夕顔の行方不明ののちその生死も分からぬまま、夕顔の娘である若君を擁して大切に姫君として育てていた。そのうち乳母の夫が太宰の少弐となり、筑紫へと赴任することになったので、乳母一家は若君も一緒に筑紫へと赴き、そのまま十年ほど時が経つ。少弐は、若君を都へ連れてゆき、父の頭の中将に引き合わせねば、と考えていたのだが、思いは達せられないま ま筑紫の地で亡くなってしまう。その時の少弐の遺言がある。

男子三人あるに、「ただこの姫君、京に率てたてまつるべきことを思へ。わが身の孝をばな思ひそ」となむ言ひおきける。

三人の息子への遺言は、この姫君、玉蔓を京へお連れ申して、父君に会わせること、そのためには私の死後の供養はいらない、というものであった。これは父から子〈男子〉への継承を無視してまで善い子たる姫君の女の力にかけよ、ということではなかろうか。往生・成仏を何よりも大事とした時代に、死後の供養はいらないというのは非常な覚悟と言うべきであろう。親の成仏のための死後供養が子のなすべきこととされたものを、彼はそれを否定してまで玉蔓を優先し、このまま辺境の地で埋もれて消えてゆくことを覚悟したのである。仏教の理念を超えるものがそこにあったのは確かである。

この乳母の夫の心は明石入道と繋がるものであって、辺境の地で埋没して消えてゆこうとする父の思い　それはやはり〈翁〉というもののあり方ではなかったかと思える。

＊

翁といえば、能楽に見られる神としての翁が思い起されるが、それは〈家〉の始祖として、さらにはわれわれ生命あるものの始源として幻想されるものであった。私は、生命の始源として幻想されたのは媼が本来的なものではないかと考えているのだが、翁もまた大きな存在であることに違いはない。ただ、〈家〉や血統の始祖として成立する以前のものではないかと想像される古代的な不思議な翁たちが存在する。それは、さすらいの乞食のような予言者のような老人である。

この翁については、山折哲雄氏「老熟と翁」(『物語の始原へ』所収　小学館　一九九七年)、および浅見和彦氏「『翁の族類』」(『日本学　13』一九八九年)に詳しいのだが、そこには、神ともいえない、あるいは卑賤のイメージすら帯びた漂泊遊行者の姿が見えるのだが、そのさすらって消えてゆく老人の型はそのまま明石入道や太宰の少弐の、ことの成就を願って待ちつづけ、そして消えてゆく父たちの姿に重なるのである。あるいはこの消えてゆく父というイメージの源泉がそこにあるのではないかと想像される。

山折氏と浅見氏がとくに取り上げておられるのは〈伏見の翁〉である。この〈伏見の翁〉は東大寺創建に関わる記事にいくつかその名が見えるのだが具体的にはいかなる人物かは分からないらしい。しかし、鎌倉時代の『元亨釈書』(巻十八)にこの翁に関する記事が見られるという。

その内容は、長いので簡略すると次のようになる。

平城京の菅原寺のそばの丘の上に、どこからともなく一人の老人がやってきて三年間ほど住み着いていた。ものを言わないし、ずっと寝ころんだままなので、人々は唖者かと思った。その老人はおりおり首をあげて東の方を眺めていた。天平八年、行基がバラモン僧をつれて菅原寺に戻って食事をしていると、この老人も一緒になって楽しみ、「時哉、時哉、縁熟哉」と唱えた。この老人は東大寺造営の時期はいつかいつかと待ち続けていたのだった。

浅見氏によれば「寺社の創建に際して、いずれとも分かたぬ異様の風体の人物が現れ、創建を奉祝、法要に参画する話は数多い。それらは翁、乞丐、窮者、病者の姿の者達で、後に神仏の化人であったことが判明するというのが大体の大筋である」という。さらに、法要に現れて祝福をした翁は、寺の後ろ戸へと消えてゆく、という。後ろ戸には周知のように、背後から仏を守護する摩多羅神が祭られているのであり、それは〈後ろ戸の神〉として芸能者たちが信仰した神であった。また〈後ろ戸〉の床下は、多くの乞食や病者たち、いわば賤民がすみつく〈聖域〉であり、説経節「しんとく丸」のしんとくも天王寺引声堂の床下にこもっていたのだった。その後ろ戸へと消えてゆく翁は、能楽の神、翁へと繋がっていくのだろうが、それ以前に後ろの暗闇のなかからこの世を守護し続ける根源のカミ（神以前の）のイメージが込められているのである。そして、そのカミはしばしばさすらいの翁の姿となってこの世にあらわれる。

　この伏見の翁に代表される古代的な漂泊者はどこか仙人めいているが、予言者であり、予言実現ののちは祝福者となり、そして、いずこともなく消えてゆく。実現するまでの間、彼はじっと待ち続けているのだが、その姿は人々には不審なものであり、あれは唖者か、愚者かと蔑まれたりする。しかし、時期がくると彼は「時なるかな、時なるかな、縁は熟するかな」と声をあげる。卑賤なようでいて聖なるもの、それが翁であった。

『源氏物語』の作者がこの伏見の翁を明石入道に取り入れた、というのではないにしても、翁とはどのようなものであったのか、翁はどのように当時イメージされていたのか、いわゆる翁像が明石入道のなかに結晶しているのではないか。

『伊勢物語』八十一段には有名な翁、これは業平のことではないかと推測されているのだが、現れる。

　左大臣源融の河原院で遊宴が行なわれた。時は十月のつごもりがたである。

夜ひと夜、酒のみし遊びて、夜あけもて行くほどに、この殿のおもしろきをほむる歌よむ。そこにありけるかたゐ翁、板敷のしたにはひありきて、人にみなよませ果ててよめる。

　塩釜にいつか来にけむ朝なぎに釣する舟はここによらなむ

遊宴も時が過ぎて夜明けの頃、この河原院のすばらしさを誉め称える和歌を人々は詠む。そこにゐた乞食の翁が、縁の下を這うようにして歩いて、人々が歌を詠み終えたのち、次のように詠んだ。

　いつのまに塩釜の地に来てしまったのか。朝凪に釣をする舟がここへ漕ぎ寄ってほしいものだ。

河原院の庭園は、みちのくの塩釜の海の風景を模したものとして有名だが、この歌は、まるで塩釜にいるようだと詠むことで、この庭園と河原院を誉め称えるものとなっている。つまり〈殿ぼめ〉〈家ぼめ〉である。

　ところで、ここに現れる翁は前述の「寺社創建に際して現れて奉祝する」翁というものを思い出させるが、むしろこの場面は、そのような翁をふまえて業平らしき〈昔男〉が趣向として翁を演出したものかと思われる。さらに、彼は翁をリアルに演じたのではないか。「板敷のしたにはひありきて」というように。それは、翁というものが〈縁の下〉にいるものだということ、それも〈後ろ戸〉の床下にいるものだという共通理解のもとに、昔男が演じたものだろう。これは、遊宴における趣向であったと思われるが、そこからは翁とは何であったのかがうかがわれるのである。

また、この翁が〈塩釜〉の翁であることは注目したい。これは塩筒老翁（日本書紀　海宮遊幸神話）につながる海の神であり、海の神を祭祀する住吉信仰へと繋がるものだろうと思われる。明石入道の住吉信仰もまたこれに関わるのである。

寺社などの創建を予言し祝福する翁のイメージは、『伊勢物語』の河原院を祝福する乞食の翁へと結びついてゆくが、そこには漂泊の宗教者たち、さらには宗教性を帯びた漂泊の芸能民の存在があったことも想像される。卑賎でありながら聖なる人々であった。

明石入道もこの翁のようなものではなかろうか。彼は身分階級を落としてまで播磨国へと流離したのであり、〈ひが者〉〈変り者〉と揶揄されながらも、自分の見た夢のことは誰にも語らず沈黙を守ったまま、ちょうど伏見の翁のように、待ち続けたのだった。

ことの成就がなったとき、彼は何を祝福したのか。無論、孫娘の男御子出産を祝福したに違いないのだが、寺社や河原院のような建築を誉め称えるのが翁の役割であることを考えたとき、そこに六条院が浮かび上がるのである。河原院を「かたゐの翁」が祝福したように、明石入道が六条院を誉め称え、祝福する役割であったのかもしれないが、それは六条院がやがては彼の子孫たちの世界になることの予祝として解釈できないか。

しかし、彼は「かたゐの翁」であった。「板敷きの下をはひありく」隠された「後ろ戸の神」だった。彼が消えてゆく播磨の山々の世界は、隠された翁たちの世界だったのではないか。

室町時代に至ると、世阿弥は花伝書において能楽の始祖として翁を位置付けた。この翁のなかに芸能者としての原点を見たからに違いない。翁が〈聖なるもの〉だからかもしれないが、それ以上に、暗闇のなかに隠されたわれわれの原点として、あるいは卑賎視されたかもしれない漂泊の〈かたゐ翁〉であるからこそ、翁を原点として見据えることは芸能者としての覚悟であったと思われる。

しかし、媼が〈カミ〉としては隠されたことに比べて、翁は神として家の始祖神として次第に表の世界へとあらわれ出たように思われる。古代的な漂泊のさらばえた姿の翁から、神としての神々しくも威厳のある翁へと変化、あるいは昇華したのではなかろうか。

山陰中納言伝説と明石の物語

　藤原山蔭一門とは、その女たちによって次々と天皇が生み出されるという、いわば摂関体制のなかでの母系系譜であり、また、その一族からは天皇の乳母も数多く現れている。皇統のなかのゴッド・マザーと言えようか。

　その始祖、山蔭にまつわる説話がいくつか残されているが、その物語と『源氏物語』の明石一族の物語との関わりを考えてみたい。紫式部の時代には、山蔭伝説はあるいは当時の人々にはよく知られたものではなかったかと推測できる。また、明石入道と山蔭の相似は、必然的に山蔭伝説を想起させるものであったろうと思われる。

　山蔭に関する説話は、『今昔物語集』巻第十九「亀、報山陰中納言恩語第二十九」、『長谷寺観音験記下巻』巻第十三「山蔭中納言聖人の告を得て総持寺の仏を造る事」、『十訓抄』第一、五、『宝物集』巻第六、『三国伝記』第二十七「山蔭中納言総持寺建立ノ事　観音利生之事」、『源平盛衰記』などに見られる。

　それぞれの話の構造はほぼ同じではあるが細かいところでは多少の差異がある。これらの中で最も古い『今昔物語集』の話の概要は、次のようなものである。

1　中納言藤原山蔭が住吉参詣の途中、鵜飼に釣り上げられた亀を助けて海に放つ。
2　山蔭が太宰府師として赴任するとき、山蔭の子を継母が企んで海に落とす。
3　山蔭たちが子を救助せんとして捜索すると、大亀の上に乗っている子が発見される。以前山蔭が助けた亀が恩に報いようとして助けてくれたのだった。
4　助けられた子は、のちに出家して如無となり、宇多天皇に仕えて僧都となる。継母は、一度は殺そうとした継子如無の世話になって老後を送る。

　このパターンの他には、海に落とされる子が子どもの時の山蔭であるというものや、場所の設定が違っているものもある。さらに、また、山蔭が播磨守時代に明石浦に流れついた霊木で観音像を造るという総持寺創建に関する話が加わっているものもある。総持寺は大阪府茨木市にある山蔭創建の寺、この寺も子孫の詮子が国母となった時点で一条天皇の勅願寺となっている。

　これらの説話のバリエイションはいろいろあるのだが、共通するものは〈亀の報恩譚〉と〈継子いじめ譚〉の二つである。さらに山蔭と明石、そして播磨とは結びつきがあり、そこに明石入道のイメージが浮かび上がるのである。

　この話が『源氏物語』の時代に流布していたとすると、

明石入道のモデルは山蔭中納言であるという前提条件が共通理解としてある場合だが、読者たちが明石の物語を読むときに必然的に思い浮べるのが、亀にまつわる〈海の神話〉と〈継子いじめ譚〉であったということになる。亀にまつわる〈海の神話〉とは住吉信仰に関わるものである。〈海の神話〉においては、海の女神は〈亀姫〉としてあらわれるし、また後述するところだが、住吉の神は海の神であり、翁として示現する。山蔭をめぐってこのような海の神話があるとすれば、その神話のイメージは明石入道にも及んでいるように思えるのである。むしろ、山蔭にまつわる海の神話を積極的に取り入れて、明石の物語を構築したと思える。須磨巻から明石巻にかけての神秘的な物語展開はこの〈海の神話〉を背景にして成り立っているのである。

あともう一つのテーマ、継子いじめ譚は、明石の物語における大きな問題点であったと思う。明石君が生んだ若君は、紫の上を養母として成長する。そこに必然的に生じるのは継母である紫の上と継子姫君の関係であり、そこには継子いじめが生じるのではないか、という懸念が読者に起こるのは当然だろうか。しかし、作者はその疑いが起こるのをかなり注意をして防いでいるように感じられるのだ。

例えば、次のような場面がある。

若菜上巻で、明石入道からの手紙を、尼君、明石君、女御の三人が読んで涙しているところへ光源氏がやってくる。そこで、その手紙をめぐって、その内容に光源氏も須磨・明石時代の自分の運命に思いを馳せ、一同感慨に耽る、という場面があるのだが、この場面は明石一族とその婿君光源氏とが共有する運命の大きさを感じさせるところで、物語としては大きなクライマックスとなっており、また読者にとっては明石入道の謎がとけるという点で、一種のカタルシスさえ感じさせるものがある。しかし、そこで、いきなり、という感じで話題が紫の上に転じるのだ。光源氏は娘の女御に紫の上の恩を説く。紫の上がいかにありえないほどのありがたい母であるかが強調されるのである。

これは個人的な感覚なのだが、昔からここを読むたびに異和感があった。女系三代の女たちと光源氏で、いわば明石の運命共同体の、その運命が盛り上がっている最中に、紫の上が一種の夾雑物として入り込んでくるような感じがあった。なぜこの場面でこれほどまでも紫の上が褒めそやされなければならないのか。紫の上は直接には明石の運命には関わっていないのである。このような例は他にもいくつかあるのだが、明石共同体の世界に、紫の上が身分においても性格・人格の面でもつねに優位者としてあらわれ、そしてありがたがられる。

これは、継子いじめ譚への連想をつねに避け続けなければならないこと、この物語は継子いじめ譚として読まれてはいけない、という作者の意識の反映だろうか。明石一族の物語の背後に山蔭中納言伝説を置いてみると、当然生じる〈紫の上＝継母〉の構造をいかにして乗り越えるかという問題が起こる。そこで継子譚を乗り越えるものとして設定されたのが、紫の上のすぐれた人間性であった。またそれだけではなく、継子ではあるが姫君との愛情は紫の上の物語の大きなテーマでもあったのである。

住吉信仰と明石入道

須磨巻から明石巻にかけて描かれる、光源氏を襲った激しい暴風雨。その結果、光源氏が須磨から明石へと移るいきさつは、神秘の力に導かれるままの展開であって、明石入道の〈夢〉の実現は理屈を超えたものの力によって為されるものであったことを表している。

死を覚悟するほどの嵐のさ中、故桐壺院が光源氏の夢にあらわれて、「住吉の神の導きたまふままに、はや舟出して、この浦を去りね」と告げる。同じ日、明石入道の方にも、舟出せよ、という夢告があった。光源氏が明石入道のもとへと導かれてゆくのは住吉の神のはからいなのだった。これは、明石入道がかねてから住吉に願をかけていたということと絡んで、神が入道の願に応じたと解釈できるものだが、一方、故桐壺院が顕れることを考えれば、光源氏自身の宿命と王権との関わりも考えられることである。住吉の神の力は、光源氏にも関わるものであった。このように導かれて明石へと移った先にあるものは明石君との結婚と、未来は后になるはずの女子が生まれることである。かねて光源氏が得た予言「こどもは三人、帝が一人、后が一人、中の劣りは大臣」のひとつが実現する可能性がここで生まれることになる。明石入道の夢と光源氏の宿命は呼応しあい響きあうものであった。

しかし、この物語はファンタジーというものではないように思う。夢に導かれながらも人間の思い悩む状況や心理が現実的に描かれているのだが、前播磨守の娘と高貴な光源氏との結婚という、階級差を考えれば起こりようがないはずの結婚が為されるためには、現実を超える力が要請されたということだろうか。〈宿命の人〉との出会いにはつねにどこか神秘的な夢の物語が紡ぎ出されるように思われる。

明石入道の役割は、宿命の男女二人を結びつけることであった。明石入道には住吉の神のイメージが重なり合うように描かれているのである。住吉の神は海の神であり、『日本書紀』では塩土老翁または塩筒老翁として顕現するが、この老翁は住吉大社の御使いとも現人神とも言われる。先に述べたように、明石入道にさすらう翁の面影が投影されているとすれば、それはこの海の神としての翁であり、あるいは、この神を奉じてさすらい歩いた宗教的な海人部の翁の姿であったかもしれない。

明石入道をめぐる海の神話

住吉の神は、『古事記』『日本書紀』によれば、イザナギノミコトが黄泉の国の穢れをすすぐために日向の橘の小戸で禊ぎをしたときに海の中から出現する。この時生まれたのは、底津少童神・中津少童神・表津少童神のワダツミ三神と底筒男命・中筒男命・表筒男命のツツノヲ三神であり、この中のワダツミ三神は「是安曇連等が祭る神なり」(紀)とされ、ツツノヲ三神は「是即ち住吉大神なり」(紀)「墨江の三前の大神なり」(記)と記されているように、住吉の神とはツツノヲの三神である。

禊ぎによって海の中から生まれた神であるから、水という生命の源をあらわす神と言えよう。住吉社の神事は禊ぎである。これは海人系の人々による海の神の信仰であったというが、それが九州から瀬戸内海、さらには伊勢の海の人々にまで広がっているものであった。

また、『日本書紀』巻第九では、百済国が高句麗と新羅に攻められて救援を求めてきたことに応じて、神功皇后が出兵する際に、この住吉の神があらわれて救援したとある。この神の和魂は皇后の身を護り、荒魂は戦さの船を導いたとのことである。このことは住吉の神が、王権守護の神であったことをあらわしている。

この住吉の神は、あらひと神であった。抽象的な目に見えない神ではなく、姿を現すのだという。それが、住吉の松であり、おりおり姿を見せる塩筒(塩土)老翁であったりする。

『日本書紀』神代第十段(一書第四)では、鉤をなくしてしまって困った山幸彦(弟火折尊)が海の辺にいると、塩筒老翁があらわれて、一尋鰐に山幸彦を乗せて、海のなかへと導いてゆく。鰐はそのまま海神の宮へと至りつく。そこで出会ったのが、海神の娘、豊玉姫であった。その後、山幸彦と豊玉姫の結婚、豊玉姫の出産譚があり、生まれた子がウガヤフキアヘズで、これは神武天皇の父である。この神話は天皇系譜の始源の物語となっている。

ここでの塩筒老翁は、山幸彦を海神の宮へと導く役割である。明石入道は、この老翁のようでもあり、また、海神のようでもある。そして、海神の娘の豊玉姫は明石君ということになる。

この山幸彦の神話とよく似ているものに、『丹波国風土記逸文』浦島子の物語があるが、そこでは浦島子が海のなかの竜宮で出会うのは亀姫であった。

塩筒老翁は、海辺にいる山幸彦を舟に乗せて海のなかへ送り込む、つまり異界へと導くのであるから、この世からあの世への境界に位置する神と言える。海のほとりとは、陸と海との境界であるから、そこにあらわれる神はいわば道祖神のような機能を持つ神だろう。これとよく似た神として想起されるのが、『日本書紀』神代第九段（一書第一）天孫降臨の際に皇孫ニニギノミコトを天のやちまたで出迎えたという猿田彦大神のことだが、彼もまた道案内の神であった。皇孫はその道案内で日向の高千穂に降臨し、猿田彦大神は伊勢の五十鈴川のほとりへと落ち着く。『古事記』では、猿田彦がその後、伊勢の海で貝に手をはさまれて海に溺れ、その泡のなかから三人の神が生まれることが語られている。

ところで、皇孫ニニギノミコトが日向に着いたときにやはり出迎えた神がいる。『日本書紀』神代第九段（一書第二）ではニニギノミコトが吾田の長屋の笠狭の崎に至ったとき、出会った神で、名は事勝国勝長狭とみずから名告る。この国は皇孫の意のままにせよ、ということでニニギノミコトはそこに滞在した。同じ九段の一書第六ではニニギノミコトはそこに八尋殿＝大きな宮殿を建てている。事勝国勝長狭は地上における王であり、案内者であろうか。

この事勝国勝神は、「これイザナギの尊の子なり。亦の名は塩土老翁」と紹介されているもので、このことから、この事勝国勝尊も塩土老翁も、イザナギの子として禊ぎによって生まれた住吉の神と同一の神かと考えられるのである。また、この塩土老翁の役割も案内者・先導者という意味で、これももう一人のサルタヒコなのだと思われる。

塩土は〈シホツチ〉＝〈潮の霊〉であろうから、海の霊である。先に挙げた例では、塩筒老翁となっているが、これも海の神＝霊であるのは同じである。ただ、このシホツツの〈ツツ〉の意味には諸説があって、一つは、筒とは舟の中央に立てる柱のことで、その下に船霊をおさめるというもの。この場合、柱が天と海とを結ぶ役割をしているのであって、その柱を伝って神が降臨するというものである。

別の説では、ツツとは星のことだという。夕星（ゆうづつ）にその古代のことばが今も残っているが、星である海の神＝精霊は、海から天に上り、また海へ沈むと幻想されたものらしい。住吉の三つの神は、オリオン星座の三つ星であるとも考えられ、航海のおりの目印ともされたというように海人系の人々にとっては大事な神であった。

このサルタヒコ、塩土老翁、塩筒老翁、事勝国勝長狭は、よく似た性格の神々であり、あちらとこちらの境界に立ってこちらへ来ようとする神を出迎え、案内する神であった。また、サルタヒコ、そして塩土あるいは塩筒の老翁は海の航路案内をする神のようであり、住吉の神へと繋がっていくのである。海の神、あるいはカミとして成立する以前の海の精霊のようなものだったろうか。

また、サルタヒコはもともとは伊勢の海の神であると言われている。九州の日向から瀬戸内海、伊勢の海へと広がっていく海の人々の信仰が、このような神話となって展開している。

終わりに

明石入道に住吉の神を重ねあわせるとき必然的に生じてくるのが〈翁〉の姿であった。神話の世界の老翁の姿から、さすらい歩き人々を奉祝する〈かたゐ翁〉の姿まで、入道の生き方からは翁が浮かび上がってくる。

明石入道に投影されていると思われる住吉の神の背景には、このような神々の世界がある。作者が明石入道という人物を構築する際に、この神々の世界が物語の世界へと流れこんできたかのようである。皇孫ニニギノミコトの子孫でもある光源氏を出迎える老翁として明石入道は、土着の国の主であり、サルタヒコのようであり、そして、住吉の神として、光源氏の王権獲得に寄与し、そして姿を消す老翁であった。

また、光源氏が明石にいる間は、六条御息所が娘の斎宮に付き添って伊勢に暮らしていたことも、明石の海と伊勢の海が響きあい、呼びあっているのだと解釈できるだろうか。明石君がほのかに六条御息所に似ている気配を帯びているのも、響きあう海の神のけはいであったかもしれない。この明石君からその後生まれる姫君も、この時、伊勢にいる斎宮も、後にはともに中宮となる運命をもっている。光源氏の王権の世界の中枢となる姫君たちは、明石の地で、そして伊勢の地でともに海の精霊たちの威力に守られていたのだと思われる。

明石入道の物語には、神話の神々の姿が、そして藤原山蔭の史実と伝説・伝承がさまざまに流れこんでいる。それは彼の〈夢物語〉として現われているのだが、この〈夢〉という幻想の力によって呼び起こされる明石入道の意志を、『源氏物語』が執筆された時代に置いてみると、この〈夢〉による幻想は実にリアリティあるものとして躍動するのである。

山蔭の子孫たる女たちが現実に山蔭の夢を実現していた。山蔭は女系の力によって、天皇制・王権の世界を背後から支える存在となりえたのである。さらに当時の摂関体制では、王権を支える女とは摂関家の女たちであった。紫式部はその時代を生き、そしてその女系の力を目のあたりにした人であった。明石の物語を書くことは、すなわちそのまま当時の摂関家に潜流する女系の血統と母系の力を描くことに他ならない。

この女系の力と引き替えにして、明石入道は〈消える父〉でなければならなかった。

そしてその姿は、さすらって消えてゆく翁であった。翁とは何であったのか。翁の思想というべきものがそこにあったように思われる。

インド文学『大地のうた』断章

日野範之

人生が美しいのは、そのひとつひとつの断片が夢と空想で織りなされているからこそである――夢がたとえ決して実らぬものだったとしても、空想が現実から大きく隔たったものであったとしても。（略）夢の価値と比べれば、それが報われるかどうかなどちっぽけなこと。

『大地のうた』（十三章　嵐の夜）

インド・ベンガルのサタジット・ライ監督の映画『大地のうた』を観たのは一九六〇年代の中頃、大阪梅田にあるアートシネマ劇場でだった。白黒の映像は、それまで私が観た、どの映画よりも美しかった。

いまも私に残る鮮明なシーン――子供であるドゥルガとオプーという姉弟が何か月も待っていた雨、その一滴が乾ききった大地にポツンと落ちる。やがてそれが驟雨となって大地に浸みこんでゆく。雨水を受けて二人が大はしゃぎする場面に続き、穴ぼこに溜まった水の上をたちまち、すいすいとアメンボが滑りはじめ、大地の底から、いのちが湧き上がってくる感じとなる。そこから死と再生のテーマが浮かびあがり、私の胸奥に深く住み着いた。

もう一つ鮮明なのは――姉弟の遠縁にあたる老婆のインディル婆さんが、近くの狭い別棟に住んでいる。姉弟たちの母親と、その婆さんとはいつも、生活の細ごましたことで、いがみあって、憎々しげな老婆の印象は強い。が、ドゥルガだけは、この老婆に気遣いを絶やさない。ある夕刻、老婆が「疲れた」とドゥルガに言い、いつも持ち歩く壺から、ほんの少し残った水を掌で受けて、それを家の前の乾いた土から生え出る、小さな草花の上からかけてやる。この場面を最後にして老婆は夜、息を引き取った。それまでの画面で醜さばかりめだつ老婆だが、草花に水をかけてやるという、たった一つの行為で、ライ監督は老婆を救っているのだった。

これら白黒の画面の一シーン一シーンが、詩であり、いのちの輝きであり、そこから宗教的といってよいメッセージが伝わってきた。アートシネマ劇場でだけでなく、六〇〜七〇年代に数多くの映画に接してきた私が、一番好きな映画として挙げているのが、この『大地のうた』。私の自伝的要素のつよい創作「海の声」や「群声」は、この映画の自然描写などから強い影響を受けた。

*

サタジット・ライ監督『大地のうた』に続く『大樹のうた』『大河のうた』（三部作）も一九八〇年前後に観た。大阪の自主上映サークルが取り組んでくれたものであり、それは私と同じようなサタジット・ライ監督作品のファンが、大阪にかなりいた証拠で、嬉しかった。

一九八四年八月に、ビブティブション・ボンドパッダエ著・林良久訳の『大地のうた』（原題「道のうた」）が、新宿書房から刊行されたとき、いち早く求めたのも、あの映画の感動を蘇らせたかったから。訳者・林良久さんのあとがきに「映画の場面をひとつひとつ思い出しながら訳していたものだ」と書いているように、私もまた映画の場面を訳文のなかから見つけだそうと、しきりに読み進んでいった。先に記したような驟雨の場面はどこか、インディル婆さんの場面はどこか、というふうに探し読んだものだ。――一方、このとき私は仮題「長崎の丘のむら」という長篇児童文学に取り組んでおり、どのように書き進めるか悩んでいて、本『大地のうた』から、しきりにヒントを得たがっていた。本のあちこちに「ここはヒントになる」などと記している。

しかしこの本を読んで、映画にはとうぜん映画独自の表現があることが分かった。が次第に、叙事詩小説といってよいこの豊かな作品が、必然的にサタジット・ライ監督をして、あのような自然、いのちに対する祈りにも似た、いくつもの名場面を創らせただろうことも分かってきた。つまり作者ボンドパッダエの奥にあるもの・感性と、ライ監督の奥にあるもの・感性とが、共振しあい、響き合って、あの名画が生まれのだ、と。

*

本『大地のうた』の、オプーが生まれた時の場面。

老婆は家に戻って赤ん坊を見ると、泣いたり笑ったりして喜んだ。ほんとうに久しぶりにこの家にまた月が昇ったようだった。／翌朝、老婆は目覚めると、喜びいさんで、家の内外を掃き、雑草をぬいてきれいにした。（略）昼に食事してから老婆は裏門の外に出、竹藪の小道に腰をおろして竹を切る。その向こうには、ここから河岸に至るまで一軒の家もない。河岸まで、五百メートルほどはあるが、その間はすべて、マンゴーの林や竹藪や森だ。

（二章　オプーの誕生）

自分自身は子供を生めず、複雑怪奇な結婚制度の犠牲となっているインディル婆さんの姿がそれ以前の展開で知られ、彼女のオプー誕生による喜びようが、押さえた筆で、だからこそ深く描かれているのだった。「月が昇ったようだ」や、「雑草をぬいてきれいにした」とかは、彼女のこころの姿そのものだ。そしてマンゴーの林や竹藪や森というのは、描写としてここにあるのを超えて、大地から生え出しているいのちの姿であって、オプーの誕生というものと抜き難くむすびついた象徴的表現として感じられる。訳者はことに、インディル婆さんを中心として描く場面に、愛情をこめた訳をしている。

訳文は、単に横文字を縦文字に置き換えるということではないだろう。林さんはベンガルの大学への数年の留学を経て、この翻訳を試みている。作品背景への深い理解と、登場人物への愛情が良い訳文を生み出したことが分かる。

＊

この作品は、自然の意志として自然描写が描かれたり、自然が人物の内部を象徴したり、多彩に浮かびあがらせている。

村が深い眠りに沈み、夜が更けてから、女神は森や畑をまわって花を咲かせ、鳥の巣をのぞいて小鳥たちの成長を見守り、月の夜もそろそろ残り少なく、しらじらと夜が明けそめる頃には、ちいさな蜜蜂の巣に野の花の甘い蜜の味を注がれる。どこの森陰にどんな花がうつむいて顔をかくしているか、どこの樹の下でチャティムの花が安らかに寝息をたてているか、イチャモティ河の岸辺のどこの雑草の隙間でコロミの花の青い花弁がひらひらと舞い散っているか、緑の葉におおわれた樹の枝のどの巣でサイホウ鳥の子供が目をさましたか、女神はすべてご存知だ。

（九章　村の産土神ビシャラッキー女神）

作者の自然に対する愛情が書かせた細部だが、訳文の工夫は一目瞭然だ。詩への深い理解、ないしは当人が詩を書いていないと、このような文体は生まれない。韻文的訳文がリズムを持っており、読んでいて、つやを持った空間に引き入れてくれる。

オプー少年の成長にしたがって作品はすすむ。何より興味をつなぐのは、姉ドゥルガとともに、いつ一緒に、まだ見ることのない汽車を見に行けるかということ。しかしドゥルガがマラリアにかかって死をむかえたので、それは果たされなかった。オプーが成長し、父母とともに一家がインド奥地からベナレスに引っ越すときに、ようやく汽車を見る。作品最後が、じつに美しい。

海に進む船のデッキに立ち、大空の刻々と変化する雲のさまを目に映す時、果樹園につつまれた海辺の丘が一方の水平線からもう一方の水平線へと溶けていく時、海岸線が遠くにうっすらと、魔術師が作った幻のようにかすかに見える時――そのたびにオプーは思いだすのだった。――嵐の夜、絶えまないどしゃぶりの雨の中、古ぼけた家のまっ暗な部屋で病にやつれたひとりの村の少女がつぶやいたことば、――オプー、病気が治ったら、いっしょに汽車を見にいきましょうね。

（十五章　別れ）

作品は一九二九年に刊行、作者の生い立ちを元としたものだが、ここに描かれた世界は古びない。原風景として、旧満洲から引揚げたのち私が育った、昭和二十年代の山陰・島根の山ひだ奥のけしきであり、いまもアジア奥地のどこにでも見ることが出来るけしきであろう。そして、オプー的世界もまた。解説文中に引用してある作者の言葉によれば「何百年も何十年も連綿と続いていたごくふつうのひとびとの生活、その喜び悲しみ、希望と失望、彼らの胸の鼓動の歴史」を描いた、と。

＊

この叙事詩小説を読むたびに、私は酔う。そして、この文の冒頭にかかげた「人生が美しいのは……」という細部は、困難なときに一つの灯を点してくれる。

翻訳文といえば、米川正夫訳のドストエフスキー、江川卓訳のパステルナーク『ドクトル・ジバゴ』などが私は好きだが、それはいずれも作品への深い理解と創造的翻訳からくると思え、訳文のもつ独特の韻律がある。この林良久訳『大地のうた』も独特の詩的韻律をもった名訳で、私は幸せな宝物を持った。良い訳によってこそ原作は生き、その地の人間と文化の深部が、共振の響きをもって伝わってくるのだから。

（二〇〇八年九月十一日）

〔追記〕林良久（本名・永井保）さんは二〇〇〇年十月、四十七歳のおり自死で亡くなった（渡辺建夫『つい昨日のインド』木犀社　二〇〇四年刊）。悔やまれる。

小説／エッセイ

韓国人靖国裁判傍聴記

朴　重鎬

東京地裁の法廷内は静かそのものだ。しわぶきもひそひそ話も聞こえてこない。

法廷内は意外に広く、椅子も劇場のそれのように立派で、空間にも余裕がある。それこそ、上映直前の映画館の観客席にいるようで、変に気持ちがゆったりしている。左右の側面は落ち着いた八、九枚の褐色の木版で仕切られている。視線を真上に移すと、これも同じ色の木枠で碁盤の目に仕切られ、その枠の中にこれも等間隔に方形の蛍光灯が白い光を放っている。

実を言うと、私は傍聴券を手にするまで少し不安だった。

前日、裁判所からは、傍聴券を得るための抽選があるので、法廷が開かれる一時間ほど前に裁判所の玄関脇へ来るように言われていた。

私が指定の場所に着いたとき、そこにはすでに係官と思われる人物がいて、四時から始まる法廷の傍聴を希望する者の整列場所を教えていた。玄関脇にはすでに十名ほどの人がいた。

予想していたよりは少ないなとやや安堵したが、時間が経つにつれて並ぶ人数がどんどん増えていく。

本日の傍聴者の数は九十一名です。係官が携帯マイクで伝えた。間もなく受付の締め切り時間が来たが、横に並ぶ三十代ぐらいの背広姿の男が同僚と思われる者に、

「希望者は全部で一三五名だって」

どこから訊き出してきたのだろう。係官から聞いたのだろうか。

彼らの話しぶりから察して、どうもこういうことには相当場数を踏んでいる雰囲気だ。

倍率はそう高くはないが、外れの四十四人に入ってしまう可能性は十分ある。せっかく一時間以上もかけてやってきたのだから、無駄足は踏みたくないと思っているうちに、移動用の掲示板が列の前面に運ばれてきた。白

い紙に印刷された数字群のなかに、先ほど渡された整理券の数字があった。

時計を覗くと、開廷までまだ五分ほどある。

向かって左側が原告サイドの席のようで、赤いチョゴリと白いチョゴリを着た年配の女性の姿が見える。彼女らの後ろに控える四人の男性たちは恐らく弁護士たちに違いない。対面する席についているのは国と靖国神社側だろう。

私には、今回の裁判長も去年の靖国訴訟と同じような結論を出すような気がしてならなかった。

三権分立は建前上の標語みたいなものだが、特にこの種の訴訟のように、国家の歴史に関わり、歴史認識を問うような裁判では、裁判官も時の政治情勢、特に権力側に迎合するような判決を下しがちだ。裁判官だって、究極的には政治の権力者によって任命されるシステムになっている。

第二次世界大戦中に旧日本軍に徴用された韓国人の元軍人・軍属や遺族四一四人が「日本の英霊として靖国神社にまつられ、被害者としての人格権を侵害された」として、合祀中止や計約四十四億円の賠償を国などに求めた訴訟で東京地裁は、昨年（二〇〇六年）五月二十五日、原告の請求を棄却した。N裁判長は「合祀は靖国神社が判断、実施しており、国と神社が一体となって行ったとはいえない」として、国に対する訴えを退けたのだった。

合祀中止を請求したのは四一四人中一一七人で、訴えによると、原告の父や兄らは旧日本軍の軍人・軍属として第二次大戦中に中国大陸などで戦死し、国が一九五六―五九年に日本人戦没者として靖国神社に通知したことから合祀された。

遺族らは「意思に反して、侵略した異民族の宗教（日本の神道）でまつられ、民族的、宗教的人格権を侵害された」と主張し、通知撤回を国に求めていた。

判決はこの通知について「神社からの問い合わせに戦没者の氏名などを国が回答したもので、一般的な行政事務の範囲内。原告に強制や具体的な不利益を与えておらず、原告らの民族的、宗教的人格権や思想良心の自由を侵害したとは言えない」と判断した。

このほか、原告は▽戦場で死傷したことへの賠償▽死亡者の遺骨返還や死亡状況の遺族への通知▽徴用中の未払い賃金の支払い▽BC級戦犯にさせられたり、シベリアに抑留させられたことへの賠償▽軍事郵便貯金の未返還に対する賠償――などを国と日本郵政公社へ請求した。しかし、判決は、日韓請求権協定（一九六五年）で原告の国への請求権は消滅し、遺骨についても国が保管していると認められないなどとして、いずれの訴えも退けた。

だから、私は今度の裁判でも、原告側が期待するような判決が出るとは毛頭思っていない。

ただ、同じ韓国人であり、父が靖国神社の「祭神」として祀られている当該者として、自分と同じような立場にいる同胞の心からの声をどうしても聞いておきたかった。

法廷の現場に身を置けば、かならずや同胞原告の肉声が聞けるに違いないし、彼らの心情を肌で感じることができるだろう。

そんな思いから、法廷で傍聴することを決めたのだった。

黒い法服に身を包んだ裁判官が三人、真正面のドアから現われた。

起立！

甲高い声が法廷内に響き渡った。

三人のうち、真ん中に座った裁判長は四十歳そこそこに見える。

今回は、旧日本軍の軍人・軍属だった韓国人の遺族ら十一人が、国と靖国神社に合祀取り消しと慰謝料などを求めた訴訟の第一回口頭弁論の場だ。

嬉しいことに、裁判の冒頭から、一番聞きたかった原告の意見陳述があった。

三人の同胞が陳述を行い、いずれも聴く者の胸を打ったが、とくに最後に行った赤いチョゴリ姿の李熙子《イ・ヒジャ》氏のものは多くの点で私の想いを代弁するものだった。イ・ヒジャ氏は前述の昨年の訴訟でも原告の一人だった。

ここにその全文を紹介する。素朴な心情に溢れた彼女の言葉は、同胞戦没者の靖国神社合祀を韓国人がいかに捉えているかを厳粛に語りかけてくる。

＊

原告イ・ヒジャ陳述

裁判長。

私は一九四四年二月にキョンギ道カンファ郡ソンへ面ソルチョン里五一九番地で、当時日本の国民徴用令によって強制動員されたイ・サヒョンの娘、イ・ヒジャです。

生後十三か月で生き別れとなった父の足跡を辿りたくて一九八九年から韓国の強制動員被害者団体で活動してきました。私と同じ被害者とともに活動してきた年月もいつの間にか二十年近くなります。今日、靖国神社合祀取り下げ訴訟で再びこの場に立ち、父の記録を探すために、ほかの被害者の強制動員事実を究明するために、日本政府の謝罪と補償を受けるために、靖国神社無断合祀を撤廃させるために費やしてきた時間、その闘いが走馬灯のようによみがえり、大変な思いをして得た成果と、それよりもはるかに多かった挫折の瞬間が重なり、万感入り乱れる思いです。振り返ると多くのことが変化したのに、日本政府と靖国神社だけは少しも変わっていないようです。

今日私に与えられた短い時間で、棄却判決を受けて控訴してもなお、日本政府と靖国神社を相手に今回提訴した原告団の代表として、靖国神社の無断合祀の不当性とそれが遺族に与えている苦痛についてお話ししたいと思います。

まず私の父について少し申し上げます。父イ・サヒョンは日本が朝鮮を植民地支配していた一九二一年、その後徴用されて二度と戻ることができなくなったその家で祖父イ・サムボンと祖母シン・チュジェの八人の子供の長男として生まれました。

故郷の村は小高い丘に囲まれて広々とした原っぱが広がる典型的な農村で、先祖代々チョンジュ李氏（チョンジュという地が発祥の李氏）一族が集まって暮らしていたところであり、父が生まれた家も四代目まで引き継いで暮らしてきたところでした。農家の息子だった父はその家で成長して農作業をし、二十歳の時に十九歳の母ハン・オクファと結婚しました。最初で最後の子である私が生まれたのはそれから約三年後の一九四三年一月です。その十三か月後に父は徴用されていきました。その時父の年二十三歳、それっきり帰ることはありませんでした。一九四五年六月十一日、父は愛する父母兄弟と妻と娘、親戚一同が集まって暮らしていた故郷の村を去り、一年四か月後、徴用でなければ足を踏み入れることもなかったであろう見知らぬ地、中国で二十四歳の短い生涯を終えました。

誰が私の父を奪っていったのでしょうか。誰が私の父の青春を奪っていったのでしょうか。本当に父は靖国神社に合祀される栄光を得るために死への道を選んだのでしょうか。私は父のない寂しさを感じるたびに、父が恋しくて胸が詰まるたびに、そうして生きてきた人生で骨の奥まで積もった「恨（ハン）」を感じるたびに日本を恨めしく思います。日本のせいで父と生き別れになったからです。

裁判長。

私はこの二十年間、日本と戦争をしてきました。身一つで武器も持たずに戦争をしてきました。

「死んだ父を生き返らせよ」というのではありません。日本のせいでわずか二十四歳に戦地で死なされた父の足跡を探し、名誉を回復するために闘ってきました。今回の訴訟も同様です。私は運動家でもなく学のある人間でもありません。ただ日本によって父を失ったことが無念で、日本政府と靖国神社に責任を問おうと、多くの人たちの助けを得て法廷に立っています。

恨みと憎悪の対象だった日本に初めて来たのは一九九一年八月のことでした。被害者団体で一緒に活動していた遺族と靖国神社を初めて訪問した時、A級戦犯が合祀されている日本の軍国主義の象徴としか知らなかったそこに私の父が祀られているとは夢にも思っていませんでした。

そんな私が父の合祀記録を目にしたのは一九九七年「軍人軍属名簿」を見た時です。名簿には父が一九五九年四月六日付で靖国神社に合祀されたと書かれてあり、事実確認のために靖国神社に直接尋ねて、受取った合祀証明書には「中国広西省一〇一中隊一八一病棟、一九四五年六月十一日死亡」という父の最期の日付と住所が記録されていました。

父が一九四五年に亡くなったことを私が知ったのが一九九二年です。父の生死を確認できたらと被害者団体の活動を始めて三年が過ぎてからです。ところが日本政府と靖国神社は父がいつどこで死んだのか、ずいぶん前から知っていて、一九五九年にはすでに合祀までしていたのです。靖国神社が生死でも知らせてくれていたら、私たち家族は戸籍を整理するためにどこかで生きているかもしれない父を自宅で亡くなったことにして、虚偽の死亡届けを出すことに苦しまされずにすんだでしょう。いったい靖国神社はなんの資格があって家族に生死も知らせずに合祀をしたのでしょう。

私は父が軍国主義の神社に祀られていることが悔しく不名誉でなりません。日帝の強制動員で徴用され、日本がしかけた戦争のせいで不幸な死を遂げたのに、二十四歳の若さで自身を死に至らしめたところに魂まで五十年もの間監禁されているなんてひどい話です。

二〇〇一年八月十四日、合祀取下げ要請書を渡そうと靖国神社を訪問した時、神社側の管理者は私にこう言いました。私の父が戦争当時日本人として戦地に赴き国のために犠牲になったからここに祀るのは当然である、一度合祀すると一つの神になるため分離することはできないと。私の家では代々仏教を信じてきました。親戚がカンファ島にある「ペンニョンサ」という寺の住職で祖母はそこで仏様を供養していたものです。家族もその寺で、父が生きているなら無事に帰ってくることを、亡くなったのなら安らかに眠るようにと祈って供養していました。ところがなぜ父が日本の宗教施設である靖国神社に祀られなくてはならないのか、理解に苦しみます。

靖国神社合祀拒否は犠牲者の遺族の権利です。犠牲者に対する追悼はその遺族が亡き者の魂を安らかに眠らせるために祈り、遺族自身も心の平和を得るために行うものです。当然、犠牲者の追悼は遺族の意思を尊重して遺族が望むやり方でなされるべきものです。

裁判長。

靖国神社合祀が遺族に与える被害は何かと問えば、私は「恨（ハン）」という心の病であると申し上げたいです。生後十三か月に父と生き別れして味わった悲しみと寂しさ、父が亡くなって四十七年後にやっと生死が確認できたのに、日本政府と靖国神社は四十年前にすでにその事実を知っていたという図々しい態度に沸き立つ憤り、強制的に引っ張られていった戦争で死んだ父を日本のために犠牲になった者にしてしまったことに伴う無念と恥辱、これが数十年間積もりに積もってできたのが「恨（ハン）」という苦しみです。

裁判長。
どうか原告の「恨（ハン）」を深くご配慮いただき、遺族が望んでいないのに合祀を撤廃できないという主張がはたして正当なのか、賢明な判断を下してくださることを願います。
二〇〇七年九月七日
原告　イ・ヒジャ

*

イ・ヒジャ氏は力強く、しかも淡々と用意した朝鮮語の陳述を読み上げていく。立った若い女性が小節ごとに日本語に訳していた。


「靖国神社合祀拒否は犠牲者の遺族の権利です」

「……強制的に引っ張られていった戦争で死んだ父を日本のために犠牲になった者にしてしまったことに伴う無念と恥辱」

原告のこの言葉が脳裡を去らず、たゆたい続けた。これこそ長い間私の胸に鬱積していたものでもあった。


東京地裁が二〇〇七年二月二十六日に受け付けた訴状の表題は「第二次大戦戦没犠牲者合祀絶止等請求事件」となっている。

日本国と靖国神社が被告となっている訴状について、その主要な論点となっている「原告の請求権」について述べておきたい。

訴状は韓国人戦没者の「合祀の不法行為性」について言及した部分で、
靖国神社という一宗教法人が、国と靖国神社との意志の一致のもとに、国家に代行して、戦前国家的行為として行ってきた戦没者の慰霊、顕彰を行っていることを憲法八十九条（公の財産の支出又は利用制限）に反する違法行為であるとする。

また、同合祀は民族的名誉感情に対する侵害だとして、戦前の強制動員は日本帝国による植民地支配の結果であり、志願兵問題は問題がより複雑ではあるが、これも日本帝国の「皇民」化政策、戦時動員政策の結果であるとしてから、そのような犠牲者が天皇制日本を護持するための神社に祭祀・奉賛され、顕彰されていることは、根本的背理であると断定している。

訴状は続けて、日本帝国軍隊への編入・動員は韓国人民にとっては負の歴史であり、このため靖国神社に祀られているという現実、その事実が明らかになりながら中止できないでいるということは、韓国社会においては、社会的地位において決して「犠牲者」として同情される存在ではなく、むしろ否定的に評価される存在である(かっての「軍隊慰安婦」と同様の問題である)、したがってそれはまた、大きな不幸であると自他共に観念され、原告らの心情を苛んでいると指摘している。

加えて、訴状は、自身の父親が、いまだに創氏名で表示され呼ばれていること――これは韓国人にとって甚だしい恥辱であり、苦痛以外の何ものでもないと断言する。

続けて訴状は「原告の請求権」の項を設けているが、その内容は大略次の通りである。

一、民族的人格権の侵害とこれについての権利回復。違法合祀による精神的苦痛の正当な回復措置を講ずべきこと。

一、固有の習俗に基づく祭祀執行権の侵害と権利の回復。

一、プライバシー侵害と、これについての権利回復(肉親の死亡に関する諸情報を遺族の了解なく勝手に被告神社に漏泄された→この権利の回復)。

一、名誉毀損、およびこれについての権利回復(日本帝国主義への屈服の事態は非常に不名誉なこと。にもかかわらず被告神社に合祀されていることは、いまだに強制動員体制のくびきに苦しめられていることを意味し、そのように観念されている。合祀状態を解決できていないということは韓国社会にあって非常に厳しい評価を受けることを意味している。かかる意味で低下せしめられている原告たちの社会的評価を回復せしめるためには、請求の趣旨記載の救済が必須である)。

一、侮辱およびこれに対する権利回復(名誉についての感情が害されている→原告はこれを回復さるべき権利を有する)。

一、姓名権の侵害と、これについての権利回復(人は、自己を正確に表示される権利を有する。誤った不相当な表示は自己のアイデンティティの否認であり、堪えがたい苦痛である。日本式の氏名制度の強制は韓国人にとって大きな恥辱であり屈辱であった。解放後六十年経過にもかかわらず被告神社において、この恥辱と屈辱の名称をもって故人を表示しているのは原告らの名誉感情を害しないはずがない。よって、早急にこの事態が現実的に廃絶されなければならない）。
一、名誉毀損ないし侮辱からの権利回復（生存者でありながら「英霊」とされた原告金希鐘に対する合祀は違った意味においてもまた名誉侵害であり侮辱である。よってしかるべき権利回復の措置が必須である。これらによる甚だしい精神的苦痛が慰藉されねばならない）。
一、これを金銭で評価することは不可能であるが、強いて慰謝料として算定するならば、金五〇、〇〇〇、〇〇〇円を下らないことが明らかである。しかし、本訴訟は金銭が目的ではなく、人の道の筋目を正すことが目的であるから、その趣旨を明示すべく、部分請求として金一円を請求する。

原告の陳述が終ると、原告側の代理人が立ち、靖国神社は日本人として祀っていると言うが、それなら遺族たちを日本人と平等に扱っているのか、なんの補償もしていないではないか、日本の軍人や遺族たちには補償しておいて、一方朝鮮人には国籍が違うという理由で一銭の補償もしていない。原告の父は日本名で祀られているので創氏改名での合祀をやめてくれと言っている。靖国神社は人間としての誠意を持って対応していただきたい。

弁論の途中で一斉に拍手が起きた。即座に裁判長が「静粛にしてください」と注意する。

原告側の代理人の主張を受けて、靖国神社側の代理人は、合祀を裁判の場で問題にするのは不適法である、創氏名、それだけでは合祀拒否の理由にならない、などと反論した。双方のやり取りを聴きながら、私は忸怩たる想いと一種の焦燥感に襲われていた。自分と同じような立場にいる同胞がこのように闘っているのに、おまえは他人事のように傍聴席にのほほんと座っていて良いのか、なんらかの形であの人たちと手を携えていかねばならないのではないか。この裁判長もけっきょく去年の五月の裁判と同じように、合祀の判断や決定は靖国神社が行っていたもの、国と神社が一体となって戦没者を合祀したとは言えない、として原告の訴えをしりぞけるのだろうか。

旧復員局から厚生省引揚援護局に連なる旧軍人出身の役人たちが積極的に靖国神社に戦死者名簿を提供していたこと、一九五八年に靖国神社にB・C級戦犯も合祀したらどうかと厚生省から提案したことは、種々の資料や証言から明らかなことである。決して「神社からの問い合わせに戦没者の氏名などを国が回答したもので、一般的な行政事務の範囲内」ではなく、きわめて政治的な動きをしていたのである。また、台湾や朝鮮の戦没者の合祀問題は神道の教義上の当否の範囲を超えて、植民地支配国であった日本がその侵略戦争に駆り立て、死に至らしめた被支配国民を彼らの民族的な尊厳を傷つけることなく慰霊するかどうかという問題である。それ故、この問題は単なる宗教問題を超えた、歴史的で、極めて政治的な国際問題なのである。この問題は日本の植民地支配の歴史的残滓の一つであり、日本国自身が旧被植民地国の遺族たちの「恨（ハン）」――無念と恥辱」を取り除いてやる義務を負っている。

第二回口頭弁論を含めて、裁判は恐らく相当長い間続くだろう。父の合祀のことも含めて、これからの自身の行動のあり方をはっきりと定めなければならないな。そんな思いに駆られながら、私はほとんど人のいなくなった法廷をあとにした。

二〇〇七年十月記

（当該第一回口頭弁論は二〇〇七年九月七日、東京地方裁判所第一〇三法廷で行われた。二〇〇八年十月六日、第七回口頭弁論があり、次回口頭弁論は十二月十八日の予定）

三十三年の後

高良留美子

1

バスには子ども連れの主婦たちが乗りこんでいた。派手な麦藁帽子を傾けたりぬいだりしながら、子どもの世話をやき、水筒や籠を網棚に乗せてうしろの座席の仲間と大声で喋りあっていた。かれらはバスの沿線の行楽地に行くらしかった。しかし栄子のなかでは、別の時間、別の言葉が動きだしていた。彼女は女性たちの現代風の服装をいぶかしく眺め、栄養のいい子どもたちを不審な気持ちで見つめた。戦争中の自分が、一九七〇年代の人びとのなかに不意にまぎれこんだようだった。人びとの話す言葉を、彼女はほとんど理解することができなかった。疳高い声と口の動きだけが見え、聞こえていた。身体が固くなり、下腹部に石のような塊が形づくられて、彼女の全身を支配した。

先刻、列車を降りて駅のまわりを歩いているうちに、彼女は見覚えのある建物をいくつか見つけたのだ。代赭色のトタン屋根をもった駅前旅館も、何度か通った覚えのある水色のペンキ塗りの木造の歯科医院も、当時と同じ看板を出して建っていた。細かい格子窓のある種子屋もあった。そしてバスに乗りこんで奥の座席に座ったとき、彼女はまわりの人たちの会話がほとんど聞きとれなくなっている自分に気がついたのだった。

研究所の門の前でバスを降りると、松林は巨大な塊となって黒くそびえていた。三十三年の年月が、ここでは遮るものもなく樹木の成長に手を貸していた。松林の隣の牧草地だったところには、野球のベースが置かれ、まわりにネットが張られていた。

彼女は寮の跡を見つけるのにしばらく手間どった。互いに少し離れて似たような建物が二軒あり、その一軒を訪ねると、中年の主婦が出てきていぶかしげに栄子を見つめた。玄関の形は栄子のいた寮と似ていたが、どこか様子が違っていた。

「あのう、戦争中にJ学園の生徒が疎開していた寮がこのあたりにあるはずなんですけれど、こちらではないでしょうか」

栄子は自分の声がひどく滑稽に響くのを感じながら、いった。まるで浦島太郎だ。割烹着をつけた主婦は首をかしげた。

「さあ、聞いてませんけど」

それだけだった。栄子が念を押しても、同じそっけない返事が返ってくるだけだった。

彼女は裏にまわってみた。西隣に松林があるのも、あの寮とは違っていた。庭は鉄柵で囲われ、猛犬が放たれていた。マスティフという種類らしい。彼女は犬に気づかれないように用心しながら、建物を見た。寮として使われているらしく、二、三の部屋の窓には洗濯物が干してあった。しかし部屋の大きさは、どう見ても四畳半しかない。部屋数も多すぎて合わなかった。

もう一軒は使われていない寮だった。廊下の壁には、戦争中の小学生の絵が一面に貼られていた。疎開学童のものだが、栄子たちのではなく、栃木県の小学校の生徒たちの絵だ。内部の部屋の形も違っていた。栄子は研究所のまわりを歩きまわったあげく、もう一度松林まで戻り、厳密に記憶をたどって寮の建物の廃墟を見つけたのだった。

あちこちに壁土の破片や材木が散乱していたが、建物はなく、コンクリートの白く乾いた土台だけが部屋の形を示していた。六畳の部屋に二畳分の押入れ、床の間とその脇の板の間……。栄子は部屋の形を確かめ、食堂や玄関の跡も調べてみて、それがまぎれもなくかつて住んでいた馬事研究所の独身寮の跡だということを確認したのだった。

彼女は探しあてた寮の跡のコンクリートの土台のかたわらで、しばらく地面にしゃがみこんでいた。夏草の葉先が汗ばんだ肌に触れ、草いきれの匂いのする風が吹きぬけていった。

すぐ近くに那須・塩原インターチェンジがあるらしく、この寮が壊されたのもその工事のためと思われた。わずか数十歩を隔てて車と歓樂のひしめく現代と、寮のまわりを歩きまわる自由さえなかった飢えた小学生の日々とが隣りあっていた。いやそれは水平に隣りあっているのではなく、彼女の内部で縦に、垂直に重なりあっているのだった。その間の往復が可能だということが、彼女に吐気をもよおすほどのめまいを感じさせていた。一歩道に踏み出せば、彼女は元の世界に戻ることができる。過去を忘れ、そんなことがあったことさえ忘れてしまうことができる。あの日々、身も心も飢えた小学生の日々はいま、彼女の記憶に支えられてのみこの世に存在しているのである。

手の届くところに生えている草をむしると、彼女はその実をほぐして地面にばらまいた。熱気をおびた風が、まばらに生え残ったひのきの草むらを通して吹きこんできた。彼女は地面に身を伏せて、その肌を抱擁したかった。自分の涙で乾いた大地をうるおしたかった。そうすれば、この体内の固い鉛のような塊は溶けていくかもしれない。しかし彼女はそうせずに、立ち上がった。

永遠に失われたもの。かつてありえたかもしれなかった自分を、彼女はこの地に埋葬したのだ。「もっともよき私自身はついに帰ってこなかった。」というシベリア帰りのある詩人の言葉を、彼女は思いだした。もっともよき私自身とは、わたしの場合、仮定法過去なのだ、と彼女は思った。それは姿を現す前に死んでしまった子どもであり、芽吹く前に枯れた種子なのだった。

2

ホールの入口近くには、受付用の細長いテーブルが並び、華やいだ服装をした女性たちがたむろしていた。近づいていきながら、栄子はそのなかにかつて一緒の部屋にいた下級生の顔を見出していた。

「あら矢口さん」一人が顔をほころばせていった。

まわりの人たちが栄子の方を見た。

「こんにちは。ちっともお変わりにならないわねぇ」

「お久しぶりね」

「今日は、どうもいろいろありがとうございました」

栄子は多少改まって、今日の会を準備してくれた昔の下級生に挨拶した。その頃の面影を残している人もいた。しかし大半は顔形まで変わってしまい、外出着のワンピースやスーツの色どりに包まれて、郊外の住宅地に住む奥様族といった雰囲気を漂わせていた。栄子は自分の着ている地味なスーツが気になっていた。

「どういたしまして。今日はお越しくださってありがとうございます」一人が如才なく答えた。

栄子はテーブルのかたわらに積んである印刷物の山に眼をとめた。

「あら、でき上がったのね、大変だったでしょう」

「ええ、お送りする時間がなくて、今日やっと」

栄子は薄いグリーンの表紙をもった小冊子を一冊受けとると、お金を払いながら尋ねた。

「あの、黒川さんきていらっしゃるかしら」

「ええ、もちろん。黒川さん、あちらにいらっしゃってよ」

「六年生の方たちも大勢見えてますわよ」

「六年生」という昔のいい方に笑いが起こるのを背後に聞きながら、栄子は早足でホールの入り口へむかった。彼女も一級下の人たちのことを考えるとき、「五年生」という呼び方しか頭に浮かんでくることはなかった。それはまるで六ヵ月でしかなかったあの時期の呼び方が、永遠の呼称として疑固してしまったかのようだった。栄子は石畳を歩きながら、ガラス越しに黒川浩司の姿を探した。

浩司が突然栄子のところに電話をかけてきたのは、夏の盛りのことだった。あまりの暑さに日帰りで山登りでもして鋭気を養おうと、夏休み中の子どもを連れて玄関のドアに鍵をかけた途端、室内で電話のベルが鳴りだしたのだ。

ようやく受話器をとると、遠くくぐもった男の声が聞こえてきた。

「あのう、J学園にいたクロカワですけど」

しかし栄子にはその声がクボカワと聞えてしまい、話の半ばまで相手の見当がつかなかったのだ。

声の主は栄子の電話番号と住所を、彼女がときどき文章を寄せているある雑誌の名簿で見たといい、自分たちのクラスで集団疎開の文集をつくっているのだが、上のクラスの人たちにもなにか書いてもらいたいので連絡をつけてもらえないかというのだった。

「男の連中には頼んだんですが、みんな書くといいながら書かないんですよ」

「あ、クロカワさん、黒川さんですね」

遠くからの電話らしい中年の男の声のなかから、いがぐり頭の下に窪んだ眼を光らせていた彫りの深い黒川浩司の顔がうかんでくるのを感じながら、栄子は声を高めていた。

「ええ、黒川です」

「ああ、よく覚えていますよ」

「じつは僕、矢口さんのこと、あんまりよく覚えていないんですよ。たしか椎名町から通ってらしたでしょう」

相手は正直だった。

「ええ、椎名町から」

「そうでしたよね。……それで文集のことなんですが、日下や辻本にも頼んだんですが、駄目なんですよ」

黒川浩司はしょうがないという口調でいった。

「それで女の人たちに書いてもらえないかと思って……。僕らのクラスじゃ去年一緒に那須に旅行したんで、みんな書いたんですけどね」

「そう、那須へいらしたの」

栄子は一昨年、一人で訪ねた寮の跡のことを思いだしながらいった。

「あたしは女の人たちの住所知らないんですけど、新庄孝子さんに頼んでみます。あの人ならよく知ってるから」

栄子はそう答え、間近に迫っている締め切り日と黒川浩司の住所とをメモしたのだった。その住所は京都市になっていた。

「ああ、京都からの電話なのね。じゃあ、なるべく大勢の人に書くように頼んでみますから」

そういって栄子は電話を切ったのだった。

ホールに入ると、栄子は入口の近くで一団となった昔の同級生にとり囲まれた。新庄孝子の顔もあった。栄子は一人一人の顔を見て挨拶しながら、女盛りを過ぎようとしているその顔のなかに、昔の少女の面影を見出そうと努力していた。栄子たちのクラスは成人したころ一、二回クラス会を開いただけで、それ以来会っていない人がほとんどだった。どこか親しみの薄いクラスなのだ。

栄子は新庄孝子にちょっと頭を下げた。

「どうも、いろいろお世話になって」

「ううん、なんでもないけどね、時間が短かったから」

文集のことでは孝子がすっかり女の人たちに連絡をとって、文章の依頼をしてくれたのだった。

「なか、読んだ?」孝子がいった。

「まだなの」

「ねえ、井上さん、すごいこと書いてるんですってよ」

かたわらの一人がいった。

「六年のTさんにお餅を食べさせてもらえなくて悲しかったって」

「Tさんって誰のこと?」

「いまそれを話していたのよ。Tさんっていえば、田村さんか田辺さんか棚沢さんしかいないわよね」

栄子は文集を開いて、井上智子の文章を探した。暮れのお餅つきのあと、つきたてのお餅をあんころ餅と大根おろしのからみ餅にしていただけるというので胸をわくわくさせてテーブルについたところ、お腹をこわしていた彼女は室長のTさんからほんの少しのからみ餅しかもらえず、悲しくて涙が出た、というものだった。

「田辺さんや棚沢さんはそんなことはしそうもないし、田村さんじゃない?」

「きっとそうよ」

「井上さん、思い切って書いたわねぇ」

「おもしろいじゃない」

皆は小声になって、ひとしきり噂話をはずませた。

三十四年ぶりの噂話、集団疎開時代の意地悪の暴露だ。しかし智子の文章には、怨念めいたところは少しもなかった。栄子は一度同じ部屋になったことのある井上智子の、いつも半べそをかいているような顔を思いだしていた。口数は少ないが口を開くと本当のことしかいえないというような子で、その不器用なところが栄子は好きだった。

智子の文章にはさらに、よくお腹をこわしたこと、でも知られるとご飯を減らされるので、それだけは知られないように気を遣ったことが書かれていた。なるべく人のいないときにトイレに入り、汚してしまった下着は人に気付かれないように洗わなければならないので、自分の荷物のなかに隠すのだが、部屋の整頓の見廻りのときにきっと探しだされてしまったという。洗うに忍びないほど汚れてしまったときはトイレに捨てるのだが、持ちものには全部名前が書いてあるので、今度は畑のこやしをやるときに汲みだされてきっと見つかってしまったという。

栄子に寮のお便所の記憶が、不意にその臭いと共に甦ってきた。床はコンクリートでできていて、その上を木のサンダルで歩くのだ。天井に響くカランコロンという乾いたサンダルの音と、汲みとり式のお便所特有の耐えがたいほどの臭い……。栄子のいたころ、下痢はまだ常習化していなかった。子どもが集団的に居住させられるとき、まず起こってくるのが排泄の問題だ。五年生になる娘をもつ栄子には、子どもの幼さがよくわかっていた。しかしあのころは、子どもたちは幼い子どもであることを禁じられていたのだ。

栄子は急いで他のページにも目を走らせた。「終戦二ヶ月後の十月二十五日、私たちは疎開生活を終えて帰京した。焼野原の東京の、バラック作りの池袋駅で私達は解散した。東京は、茶色く、闇市がごたごたと並び、薄黒く汚れた人たちでいっぱいだった」という文章が目に入った。一級上の栄子たちが帰ったあと、下級生たちは敗戦を迎えたあともなお二ヵ月以上も那須にのこっていたらしい。彼女はそのことをいままで少しも知らなかったのだ。

「あら皆さん、おそろいね」

ホールの奥の方から二、三人の同級生がきて、話の輪に加わった。木谷裕子は最後のクラス会で会ったとき思いがけなくすらっとした美人になっていたが、いまはそのころのふくよかさを失い、疲れを見せた顔に地味な微笑を浮かべていた。疎開の前に転校してきた山崎のり子は、派手なおしゃれをしていた。よくクラス委員に選ばれていた森下みちは昔の人の好い微笑を失い、さばけたところと冷やかさを合わせもった女性になっていた。

「ねえ、ねえ、この人誰だかわかる?」

那須で一緒の部屋にいたことのある伊藤綾乃が、かたわらの色白の女性を前に押しだしながらいった。

栄子はその顔を見た。茶色味がかったぱさついた髪、お白粉のせいか白すぎるように見える下ぶくれの顔……。そのなかから栄子を見ている眼は、二つの黒い葡萄玉のようだ。

「もしかして……田辺さんじゃない?」一人が叫んだ。

「そうよ、そうなのよ。変わったでしょう?」山崎のり子がいった。

「最初わからなかったわ」

田辺咲子はのびやかな微笑を浮かべて皆を見まわした。

「あたし、変わったでしょう」

「変わったわよ。変わった。昔はもっと……」といいかけて、栄子は口ごもった。

田辺咲子は昔はもっとおすましやだった。きちんとした服装をして、絵に描いたお人形のように足をそろえていた。そう、お人形のように……。いまの咲子はもっとばさついていた。なにか固まっていたものがほどけた、という感じだ。

「あら、棚沢さんじゃない？」

誰かが言った。

石の廊下を通って近づいてきたのは、小柄な痩せた女性だった。栄子はその遠慮勝ちにほほえんでいる顔のなかに、かつての棚沢恵子の姿を見出すことはできなかった。

《小さくなった……顔も、からだも、スケールも》

栄子は口のなかでつぶやきながら、自分もそうなのだろうかと考えていた。ドッヂボールのうまかった棚沢恵子は、昔はもっと生き生きして、のびやかで、堂々としていた。木谷裕子や森下みちだってそうだ。クラスのなかで威張ってもいたが、それぞれ個性的で、栄子には付きあいかねるほどだったのだ。

皆は新庄孝子を中心に、今日こられない人たちの近況を話の種にしていた。栄子はホールの奥の方で誰かと話している黒川浩司の姿を見つけて、近寄っていった。

話しているのは、井上智子にTさんと書かれていた田村敦子だった。小学生のころクラスで一番小さかった敦子は、すっかり背丈を伸ばし、流行のブーツをはいて童顔を上気させていた。

栄子は近づきながら浩司の眼をとらえようとしたが、そのやや灰色がかった窪んだ眼は話し相手とのあいだの空《くう》を見ていて、栄子の接近に気がついていなかった。

「今度は無理でも、きっといつか、よべるときがくるよ」

浩司は敦子にむかって熱心に話していた。

「そうかしら」

敦子は子ども時代そのままの顔に、信頼感を表していった。

「ずいぶん考えたんだけど、どうしてもよべなかったの」

「きっとそのときがくるよ。いまは無理でも、そのときがくるまで、一緒に待とうよ」

浩司の言葉の調子は、「一緒に祈ろうよ」といっているように聞えた。

ようやく栄子の方を見た黒川浩司に会釈したあと田村敦子にも挨拶しながら、栄子は尋ねた。

「よべなかったって、誰のこと？」

敦子はちょっとためらってから、浩司の顔をうかがいながら答えた。

「うん……藤田さんのことなの」

「藤田さんって、藤田公枝さん？」

「ええ」

「そうなんですよ。僕はね、今度は仕方がないと思うんですよ。いまにきっと、皆でよべるときがきますよ」

そういえば着飾った同級生のなかに、公枝の姿はなかった。皆にいじめられていた藤田公枝は、いまだに仲間外れにされているのだろうか。よべなかった↓よぶ気がしなかった↓よびたくなかった、と解釈すれば、敦子の本音がどこにあるかは容易に想像できた。そこには当然新庄孝子の意向が働いているにちがいない。彼女は黒川浩司と少し話をしたあと、その場所を離れた。

ホールの奥の方では、「五年生」の女性たちがひとかたまりになっていた。趣味のいいスーツを着た井上智子もいた。栄子は彼女たちと挨拶したあと、いった。

「あたしたちが帰ったあと、十月の末まで那須にいらしたんですってね。さっきこの本ではじめて知ったわ。大変だったでしょう」

「あら、あたしたちも『六年生』があんな空襲の大変なときに東京に帰ったなんて、ちっとも知らなかったんですよ」と一人がいった。

栄子たちのクラスは上級学校への進学のために、下級生に羨ましがられながら三月十日の朝寮を発ち、午後東京に帰ったのだった。そのときのことを、一人は文集に書いていた。

「二十年三月十日、あの東京大空襲の日に私たちは東京に帰ってきたのでした。途中、東京が大変だということは、ちらちら聞いたのですけれど、赤羽、池袋と汽車がつき電車をのりかえる時に、目がやけただれ、毛布をかぶっている人、ただぼうーとして歩いている人々を見た時、私達は何かよその世界に来たような、親の元へかえれたよろこびよりは、もっと何かぞっとするものを、感じたことをかすかにおぼえています」

また他の一人はこう書いていた。

「赤羽までくると汽車から全員おろされてしまった。髪は焼け半分なくなり、目は煙で赤くただれ全身すすけた何十人という罹災者が僅かに鍋釜をもってうつろな表情でプラットホームに腰を下ろしていた。無気力な、疲れ切った様子で、うつろな赤い目を私共に向けた」

その後栄子たちは何度もの空襲にあい、幸い死んだ者はいなかったが、焼けだされた人は何人もいた。まるで空襲にあうために帰ってきたようなものだった。

「三十年も経ってからあのときのことを知りあうなんて、不思議ですね」別の一人がいった。

「あなたたちは敗戦後すぐに帰ったのだろうと思いこんでいたのよ。あれから七ヵ月以上もあそこにいたなんて、考えられないわ。食糧不足がひどくなったんですってね」

「いつ頃から本格的な食糧不足になったのか、黄色い大豆のつなぎに御飯が少しまじった大豆御飯とか、お芋の雑炊だとかがつづき、しまいに、苗を採った後の種芋のざくざくと味気ないさつま芋まで食べた」と一人が書いていた。そして何人もの人がおできや湿疹や下痢のことを書いていた。

栄子たちと入れ替わりに那須にきた、森下みちの母親の森下せつ先生の文章には、さすがに子どもたちの様子がよく観察されていた。

「よく見ると、四月とは云ってもまだ寒くみんなの着ているセーター、上衣類は相当くたびれています（もう四、五年生も新調出来ない）上衣はス・フ（ステーブル・ファイバー）と呼ばれる布で、薄く張りがなくよれよれ、そして皆の皮膚はカサカサしてつや艶がなく今見る子供のような溌剌さがないのです。今手許に一枚だけその頃の写真があるのですが、みんなショボンとした表情で、やっぱり哀れという外ありません。何しろ食べ物乏しく、着る物薄く、暖房はなくその中で勉強も労働もするのですから、本当によく耐えたと思います。

食糧のことを云えば、配給のお米を少しでも引きのばすために、専ら野菜を入れたお雑炊でした、里芋やねぎを入れた温かい味噌雑炊はとても御馳走の部類で又、事実、大きなお釜で拾ってきた粗朶や松ぼっくりで炊く雑炊は本当においしいのでした。配給ものは何でも駅のそばまで交替に当番が取りにゆきます。大八車を引いて真直ぐ塩原街道四キロの道を往復したことや、又那須農場まで牛乳をとりに大きな缶を背負って峠を越して取りに行ったことなど、実際経験した方はよく覚えていらっしゃるでしょう。今思うと配給品の中には肉や魚はどうもなかったようです。動物蛋白と云えば農場の牛乳と、時々お隣の馬事研究所から「さくら肉」（馬肉）を頂く位で玉子があったかなかったか、今ではとても考えられないことです。どういうわけか本当に時々、馬事研究所から豚の頭だけを丸ごと頂くことがあり、気味の悪いのも忘れてスープをとったこともありました。

食糧事情はだんだん逼迫、朝食は大豆だけというのには全く困りました。お釜が大きいので軟く又甘味もあって美味しいのですが、お皿に御飯と半々或いは大豆だけ盛らねばならず、それが毎朝では本当に食べ辛いのです。煎り豆にもよくしました。ポリポリと食べるのも少しならおいしくても一食分の煎り豆は食べられるものでなく、そこで皆のポケットに入れられ常にポリポリということになります。みなのお腹によい筈はなく下痢をする人も増えてきました。又皆の手足におでき、吹出物の多いこと、ヒコーキおできと称してばんそう膏を『キ』の字の形に貼ったのが、いくつもいくつも並ぶしまつ、毎日の手当てに手間がかかり、女子部のお手伝いの先生の前に順番を待つ列が出来るのでした。後で聞けば、おでき、吹出物は栄養失調の一つの症状だとのこと、下痢もそうで、だんだんに漫性の人が増えてきつつあり、あれがあのままもう少し続いたならばどうなっていたか考えてもゾッとする思いです」

「あたしたち、大きくなれなかったんですよ」井上智子がいった。

「さっきも朝岡先生にいわれちゃったんですよ、きみたち、伸びなかったんだね、って」

　そういわれてみると、「五年生」は皆背丈があまり高くなかった。栄子たち「六年生」の女性たちが皆すっきりと伸びているのに比べると、彼女たちの小柄さはたしかに目立った。集団疎開が六ヵ月で終わった者とその倍以上いた者とでは、これほど体格に差が出ているのだろうか。おそらく軍隊をはじめ外地や地方からの引揚者が多く、疎開学童の帰京は後まわしにされたのだろう。栄子も縁故疎開先の新潟から帰京できたのは、九月の末のことだった。

「今日は、大須賀先生はいらっしゃらないの？」

「ええ、おからだの具合があまりよくないらしくて」

　栄子が今日会いたいのは、つい先刻ホールにあらわれた朝岡雄二先生ではなく、六ヵ月間一緒にいた大須賀岩男先生だった。大須賀先生は大分前に郷里の東北に帰って教師をしていたが、いまは農協の仕事をしているという話だった。「五年生」たちは去年、大須賀先生を迎えて那須に一泊旅行に行ってきたのだ。文集を作ったり今日の会を開くことになったりしたのも、その旅行が元になっているらしかった。栄子たちのクラスでは、そんな話が茶飲み話以上になったことは一度もなかった。彼女が二年前に那須の疎開先を訪ねたときも、誰にも知らせずたった一人で、まるで犯罪者がこっそり犯行現場に立ち戻るような気持ちだった。

「皆さん、そろそろお集まりだと思いますので、これから三十四年ぶりの疎開学級の会を開きたいと思います」

　朝岡先生の近くから、黒川浩司の声が聞えてきた。

3

　出席した先生たちの話を聞いたり乾杯したり校歌を歌ったりしているうちに、時間はたちまち過ぎていった。朝岡先生の挨拶は、文集に書いている通りのものだった。かれはこう書いていた。「憶い出というものは多かれ少なかれ、どこかに愉快なものがあるものだが、戦争中の子どもたちとの疎開生活ぐらい思い出にしたくないものはない。思いだしてまことに不愉快である」そして先生は、「戦争が終わって全員一人の落伍者もなく皆そろ揃って帰京できたことは、私にとっての大きな喜びであった」と文章をしめくくっていた。

　しかし実際には藤田公枝の弟の洋一が、那須での病気がもとで亡くなっているのだ。会には旧「四年生」が何人か出席していて、活溌でクラスのリーダー格だったという、栄子の知らない洋一の一面を隅の方で語りあっていたが、朝岡先生はもう藤田洋一のことを忘れてしまったらしかった。戦争が終わったころ、先生はしきりに洋一の利発さを賛めたたえていたのだが……。「洋一君は缶詰のラベルを見て英語をすぐ覚えてしまった」と。アメリカ製の缶詰が闇市などに出まわりはじめていた頃だった。

どちらかというと「六年生」の方が集団疎開のことを忘れかけていたし、その思い出に冷淡だった。それは疎開期間の短さのためと、帰京から敗戦後にかけてかれらが経験した激動のためにちがいなかった。木谷裕子などは、那須のことは紅葉や山や空がきれいだったことしか覚えていないといって、皆をあきれさせた。彼女は秋にジフテリアにかかって別棟に隔離されていたのだった。看病のためにお母さんがきていて、皆はそのことを羨しがっていたものだ。それに戦後の裕子は父親が病気で失職したため、母親が働きに出るようになり、長女として四人の弟妹の面倒を見なければならなかったのだ。

歓談の時間になると、皆はサンドイッチを食べ、ジュースを飲みながらお互いのあいだを往き来し、断片的な記憶をつき合わせたり、いまになっても覚えている内緒の噂話をこっそり伝えあったりした。誰それさんが押入れに首をつっこんで何か食べているのを見たとか、誰かが同じ部屋の五年生の一人をいじめていたとか、いまとなっては他愛もないが当時はひどく深刻だった水面下の出来事が、ひとしきりとり沙汰された。かつてお互いの生活を全面的に束縛していたものがなくなってしまったいまもなお、それらの断片は彼女たちの肉体と心に微妙なさざ波を立てる力をもっていて、栄子たちは不意に甦ってきたそれらの呪縛力をもった断片を、数時間のあいだもて余し気味に、しかしつよい関心をもってまり投げのようにやりとりして過ごしたのだった。

会が終わったあと、栄子たちは連れ立って話しながら「六年生」だけの二次会の会場へむかう線路沿いの道を歩いていった。お互いの話は疎開時代のことに触れたと思うと現在の消息に舞い戻り、また十年前のことにさかのぼったりした。

「杉山さん、すっかり変わってしまったわね」

前を歩いている男性の肩幅の広い背中を見ながら、山崎のり子がいった。

今日の会に出席した栄子たちのクラスの男性は、この杉山靖と辻本正彦の二人だけだった。あとの十数人は、土曜日の午後も仕事で走りまわっているらしい。

「苦労なすったんですってね」とかたわらを歩いていた佐東綾子がいった。

綾子は父親が軍人だったため戦後は苦労したと聞いていたが、暖かそうなスーツを着て、幸福な家庭の奥さまという感じをもっていた。

初等部時代の杉山靖は、クラスで一番体格がよく、大人のような落ち着きをもっていた。腕力もあったから下級生の男の子たちからは恐れられていたが、クラスでは人望があり、とりわけ女の子には好かれていた。いまも体格の良さだけは変わらなかったが、昔の元気な少年の面影はなく、すべてを諦めきったような静けさがかれの面上には漂っていた。強力な万力のようなものが長期にわたってかれを締め上げ、その自尊心と覇気をうち砕いたように思われた。

もう一人の辻本正彦は、昔は皆と一緒によく騒ぐ小柄な男の子だったが、いまは芸能関係のプロダクションに勤めていて、なかなかのやり手らしかった。かれの話はすぐに学童疎開の話からそれて、二十世紀後半の華やかで空しい芸能商売の世界をさまよいだすのだった。

二次会の会場になっている「ホーキ星」の二階の床は、大柄な十人の女性と二人の男性が足を踏み入れると、みしみしと音を立てて揺れた。水色の壁にはさまざまな女性グループの会合や講座、バザーや合宿などのポスターやちらしが貼られ、女性解放、リブ、女たちといった文字が飛び交っていた。

「昔の赤線に近いところだな」

杉山靖が窓際に近づいて、外を眺めながらいった。赤や青のネオンの明かりが窓から射しこんでいた。

「昔を思いだすな」

かれは畳敷きの部屋を見まわしながら、女性たちをはばかるような低い声でつぶやいた。栄子は靖が若いころ一時やくざの組織に関係していたことがあるらしいという、さっき耳にしたばかりの噂話を思いだしていた。

杉山靖の父親は眼科医だったが、戦後埼玉県にレンズの製造工場を建てて事業に成功すると、息子に中学部を中退させて後継ぎに育てようとしたのだった。「お前は社長になるんだから、学校なんか出なくていい」と父親はいったという。しかしまもなくかれは事業に失敗し、妻をも失った。靖は二度目の母親への反発から家を出て、弟まで引きとってひどく苦労してきたらしかった。かれが皆に配った名刺には、カメラと眼鏡の販売店の名刺が刷られていた。

「ホーキ星」は栄子が一、二年前から知りあった若い女性たちの経営する店で、孝子と相談して今日の二次会のために申しこんでおいた会場だった。

数年前、栄子は夫と何度も話しあい、二人のあいだには離婚という言葉さえ出たが、結局二人は別れることにはならなかった。そのころから彼女は女性たちのグループと付きあうようになり、折からはじまったウーマン・リブの波のなかで、結婚生活で積もりに積もったうっ積を吐きだす場を、自分より二まわり以上も若い女性たちとのつきあいに求めるようになったのだった。

二次会の席を借りたいと申しこんだとき、「ホーキ星」の責任者の顔に浮かんだ表情を、栄子は忘れることができない。完全な断絶に近いものが、そこにはあった。しかしその人は栄子の説明を聞くと、ここでは男性はあまり歓迎しないんですが小人数ならまあ、といって承諾してくれたのだ。ビールや料理を二階まで運んでくれる若い女性たちの顔を見ながら、栄子は彼女たちが戦争中の学童疎開のことをまったく知らないばかりか、知るための手がかりさえもっていないことを感じたのだった。

「ほら、田辺さん、杉山さんの隣に坐りなさいよ」誰かがからかった。

「あら、どうして?」

田辺咲子は白い顔に笑いをふくんでいった。意味はわかっているようだったが、その態度は落ち着いていた。靖はなにも知らないらしく、結局二人は別々の場所に坐った。かつて「杉山さんて、すてきね」と咲子がいったことが、女性たちのあいだでとりざたされていたらしい。

二次会は司会者もなく、雑然とした感じではじまった。お互いにひとしきり自分の近況を話したが、あまりにも久しぶりに会う人が多いため、かえって近況報告は数分で済んでしまうのだった。女性たちはほとんど主婦になって郊外に住み、中学生か高校生の一人か二人の子どもを育てていた。外へ出て働いているのは、離婚して子どもを実家に預けながら会社勤めをしている鈴木敏子だけだった。田村敦子は父親のあとを継いで夫が経営していた文房具問屋が倒産し、一千万円からの借金をかかえて苦労している、とはにかんだ苦笑を浮かべていった。栄子は自分の話をしたあと、亡くなった西本郁子のことを話したが、誰も郁子の死の祥しい状況を聞きたがっているようには見えなかった。杉山靖は、カメラは次から次へと開発されるし、販売競争が激しくてなかなか思うようにいかないと話した。そして三割以上値引きするから入要の節はぜひいらして下さい、と結んだ。辻本正彦は周囲のポスターなどを見まわしながら「ウーマン・リブ」という言葉をもの珍しそうに舌の上で転がしていた。

ひとしきり話がまわったあと、短い沈黙があった。表通りを通るバイクの音が聞えた。

そのとき田辺咲子が蒼白い顔に思いつめたような表情を浮かべていった。

「ねえ、みんな。あたし、今日はみんなに聞いてもらいたいことがあるの。初等部のころ卒業生の子どもがクラスですごく威張っていたでしょう。あたしは学校にいるあいだじゅうびくびくして暮らしていたわ。ほんとに生きている心地がしなかったの。いま初等部時代のことを思いだしても、楽しい思い出なんか一つもないわ。いじけて、ほんとに暗かった。どうしてあんなに卒業生の子どもだけが威張っていたのか、みんなに聞きたいのよ」

その言葉は、誰一人として今日田辺咲子の口から聞こうとは予期していなかっただけに、激しい驚愕を皆のあいだにひき起こした。

「えっ、卒業生の子どもが?」

「初等部で?」

「ほんとう?」

口々に叫びながらも、皆の視線は卒業生の子どもといわれた木谷裕子、森下みち、棚沢恵子、新庄孝子、田村敦子の五人の方へ集まっていった。

「ええ、そんなことあったの？　あたしは全然気がつかなかったわよ」

棚沢恵子がややしゃくれた細い頬を田辺咲子の方へ向けていった。

「あたしも。全然知らなかったわ」

森下みちが白い丸顔にまじめな表情を浮かべていった。木谷裕子は黙っていた。

栄子は田辺咲子がそのことをいい出した勇気に驚いていた。それは彼女が初等部のあいだじゅう一日も欠かさずに感じ、考え、反芻していたことだったからだ。しかし彼女はこのような席でそのことを話すことは、考えたこともなかった。彼女は田辺咲子を孤立させてはいけないと思った。彼女はいった。

「いま田辺さんのいったこと、あたしはあったと思うわ。棚沢さんはバス通学だったから、電車のなかのことは知らないと思うけど」

「あたし、いまでも忘れられないんだけど、江古田の駅で電車を降りて、菊村さんと別れて一人になったとき、ほんとにほっとするの」咲子がいった
栄子は自分のことをいわれているような気がした。

「放課後のクラスの時間には　問題にされ　ないかとびくびくしていたし、電車のなかでも気がぬけなかったわ」

問題にする　とは、誰かが「AさんとBさんは草とりのときお喋りしていました」などと公《おおやけ》に非難することで、これをやられるのは弱い立場の者と決まっていた。

「うん、あたしにもそういう覚えがある。たしかに卒業生の子どもは威張っていた」

鈴木敏子が断定的な口調でいった。五年から入ってきた望月洋子も合槌を打った。

「そうね。あたしはあまり気にならなかったけど、そういわれてみればそういうところはあったわね」伊藤綾乃がいった。

二人の男性はときどき短い言葉をはさんだが、いまや完全に会話の圏外に置かれていた。

「そうかしら。みんながそういうのなら、そうだったかもしれないわ」新庄孝子がいった。

田村敦子と木谷裕子もうなずいた。

「申し訳なかったのかしら」棚沢恵子がいった。

「あたしも」森下みちがいった。

みんな笑った。

「あたし、過去のことをほじくりだして謝ってもらいたいとか、そういうことじゃないの。ずっと初等部時代自分のことを駄目な人間だと思ってきて、あのころのことを思いだすこともできなくて、自分のなかにしまいこんできたのを、なんとかしたいと思って、今日はどうして

もみんなに聞いてもらいたかったの。どうもありがとう」

咲子がいった。

「わかるわ」しみじみとした口調で伊藤綾乃がいった。

「まだビールあるわよ。飲みましょうよ」

鈴木敏子がいって、咲子のコップにビールをついだ。

「卒業生の子どもをえこひいきしていたのは朝岡先生よ」

栄子はいったが、田辺咲子は二つの黒い眼で栄子を見ただけだった。

「ホーキ星」を出て帰り道の地下鉄の階段を降りながら、栄子は木谷裕子がつぶやくように話しかけるのを聞いた。

「あたし、初等部のときのことはどうしても思いだすのがいやで、絵も作文も日記も、全部箱に入れて釘を打ちつけてあるの」

「どうして?」

栄子は少し黙ってから聞いたが、裕子は「わからない。どうしてもいやで……」と答えただけだった。

「矢口さん、電車のなかでよくお話してくれたでしょう、覚えているわ」少しして、裕子がいった。

「そうそう、あたしも。お話をたくさん知ってらしたわね」森下みちもいった。

それは電車のなかが買出しのおばさんたちでひどく混むようになる前のことだった。栄子は本で読んだおもしろい話を、同級生や下級生に話していたのだ。何里も先の木の枝にとまった蠅の右の目を一発で撃ち抜く射撃の名人の話や、湖を一晩で飲み干してしまう大男の話などだった。小クラウスと大クラウスの話も、アリババと四十人の盗賊の話もあった。牝牛のおなかにはいりこんで意地悪をされた家の牛の乳を黒くしてしまう小人の妖精の物語は、とくに栄子の好きなものだった。みんな眼を輝かして栄子の話を聞いた。森下みちの二人の弟も、田村敦子の弟もいた。栄子の妹の菖子や小さな女の子たちも、電車に乗るとすぐ栄子のまわりに集まってきて「お話して、お話して」とせがむのだった。東長崎から乗ってきた新庄孝子が耳を傾けることもあった。駅に着いても話が終わらないときなどは、かれらは続きを聞きたがって大騒ぎをするのだった。そのうちに話の種がつきて、栄子は皆に話をするために本を読んだ。家にあった『北欧童話集』や『ハウフ童話集』などが彼女の種本だった。父親が死んだあと古い鞄のなかから見つけた魔法の靴をはいて旅に出る少年ムック……そう、あのお話の続きはどうなっていただろう?

田辺咲子の二次会での発言は、複雑な波紋を女性たちのあいだにまき起こした。三十数年ぶりの再会と疎開時代の記憶が急に甦ってきたこともあって、お互いのあいだを電話での会話が行き交い、入り混じった。来年早々にはクラス会をすることが決まっていたのに、待ち切れずに新宿御苑で落ちあってお喋りをした人たちもいた。森下みちがいまも初等部の教師をつづけている母親に電話をかけて、いまも卒業生の子どもが威張っているのかと問いただし、いまはそんなことはないという返事を聞いて安心したという話も伝わってきた。

栄子も新たにわかった電話番号をまわして何人かの人たちとお喋りしたが、疎開の会で会った鈴木敏子もその一人だった。戦争中、遠い田園調布から弟と一緒に通学していた敏子は、お誕生日会にクラスの全員を家に招いてくれたことがあった。二階に広い座敷があり、うす暗くされた床の間には骨董品らしいものが沢山並んでいた。栄子がその話をすると、敏子は受話器の向こうでいった。

「覚えていてくれた？　父が集めていたのよ。あのころうちの父は軍需のほうで羽振りがよかったから。でも戦後まもなく父が死んで、骨董も家も次つぎと手離してしまったわ」

「いいお宅だったわね。お座敷の正面から芝生のお庭が見えて……。あのころクラスじゅうを招いてくださるお宅なんて、そうなかったわ。お母さまがたっぷりした感じの方で……」

「母はおもてなしの好きな人なの。……うちは田園調布だったでしょう？　多摩川の河川敷《かせんじき》で朝鮮人が密殺した牛肉なんかが手にはいるのよ。あたしも肉の塊をもって朝岡先生のところに届けたことがあるわ」

「ほんと、ちっとも知らなかったわ」

「でもこんなこと、ここだけの話よ。先生たちの国民服だってうちで作ってあげたのよ」

「国民服……」

栄子は男の先生たちの背広がカーキ色の国民服に変わったころのことを思いだしていた。かなりあとのことで、しかもぺらぺらのスフの服ではなかったようだ。

「……先生方に頼まれたの？」

「そうよ。国民服を着なければならないけれど、手にはいらないからなんとかならないだろうかって」

「でもあなたも弟さんも、その割にちっとも朝岡先生から特別扱いされていなかったわね」

栄子は半ばふざけていった。先日の二次会での田辺咲子の話を思いだしていた。

「そうよ、全然……」敏子も笑って調子を合わせた。

「朝岡先生は卒業生の娘たちばっかり。とくに新庄さんね。うちの母は卒業生でもなんでもないし」

栄子は何人かの人たちに、疎開学校で九月三十日に彼女たちが起こした騒ぎについても聞いてみた。それぞれが断片的な記憶をもっていたが、田辺咲子はなにも憶えていなかった。森下みちも、皆が騒いだことさえ知らなかったといった。栄子は黒川浩司たちがつくった文集を読み直してみて、男の子たちがこの騒ぎを9・30事件《クーサンレー》と呼びならわしてきたことを知った。女の子たちは「暴動」といっていたのだ。この事件に触れて書いているのは、男の子のうちの四人だけだった。

年初めのクラス会の日、彼女たちのお互いへの関心はまだ消え去っていなかった。平日の午後のため男性は一人もこなかったが、女性たちはそれぞれ着飾って、新宿の中華料理店に集まってきた。しかし栄子は皆の楽しそうなお喋りを聞きながら、今日彼女のよばなかった藤田公枝のことを考えていた。孝子にさそわれて、秋のつづきのような形でこの会の幹事を引き受けたときから、栄子は今度は藤田公枝をよぶべきだろうと考えていた。しかし彼女が電話で「今度は藤田さんをよんだ方がいいと思うけど」といったとき、孝子からあっさり「いいわよ」といわれてしまったのだ。よぶ必要はないという意味だ。「でも……」と食い下がろうとした栄子に、孝子はいらついた口調で「いいったら」といったのだ。仕方なく、栄子はその後次の幹事に決まった森下みちに電話して、次のクラス会にはぜひ藤田公枝をよんでほしいと頼みこんだのである。「ホーキ星」でのことがあったため謙虚な気持ちになっていたせいか、その話はスムーズに進み、その年の秋のクラス会で、栄子たちは藤田公枝の姿を会場に見出すことになったのだった。

公枝はワインカラーのひだの多い外出用のブラウスを着て、渋谷の小料理屋の二階の席に坐っていた。菊村芳子の姿もあった。新庄孝子や木谷裕子もきていたが、田村敦子は欠席だった。男たちが子どもっぽく騒いで座を盛り上げたが、女性たちはなぜか少し白けていた。藤田公枝が出席しているためだとは栄子は考えたくなかったが、女性たちが集団疎開の会で会ったとき以来の一種の連帯感とお互いへの熱い関心を失いつつあることは確かなように思われた。

公枝は生き生きして、はしゃいでいるようにさえ見えた。大柄で固肥りの体は以前と同じようにたくましく、笑うと金歯の出るその顔はどこか野暮ったかったが、服装は上等のものだった。そしてなにより変わったのは、公枝が昔のおどおどした人の顔色をうかがうような態度を捨てて、ひかえめではあっても自然でのびのびした振舞いを見せていたことだった。自己紹介のとき、彼女は公務員の夫とのあいだに一男　女の子どもがいること、自分も区の区民教育の仕事にボランティアとして関わっていることなどを話した。公枝が会の通知をもらったことを喜んでいることは明らかだった。

そのあと栄子は電話で公枝と話しあい、年を越して池袋の喫茶店で会うことになったのである。

4

裏通りの喫茶店の奥の席は混みあっていて、体を触れあうように坐った二人のまわりには、話し声や街の騒音が埃や排気ガスと一緒に立ちこめていた。藤田公枝は暖かそうなウールのスーツに身を包んでいた。

「このあいだは本当に懐しかったわ。三十年ぶりですもの」公枝はいった。

「これまで、クラス会には、一度も?」

栄子は話が露骨になるのを気にしながらも、聞いた。

「ええ一度も呼ばれたことなかったの。でもおかげさまで今度は高等部のクラスの京都旅行にも誘われて、行ってきたの。とても楽しかったわ」

公枝は肥った頬に人の良さそうな微笑を浮かべていった。

その旅行には、田村敦子は経済的な理由から参加できなかったという話を栄子は聞いていた。そして公枝が嬉々としてやってきたため皆が白けたそうだという話をいいふらしているのも、敦子だった。

「ほんとうに三十年ぶりだったわね。あれ以来、どうしてらした? ……そういえば弟さんの洋一さん、惜しいことなさったわね」

「ええ。あちらで病気になって、……死んだのは帰ってからだったの」

「なんのお病気だったの?」

「肺炎だったの。前から喘息もちだったのだけど、春に風邪から肺炎を起こして。そのあとずっと那須で養生していたんですけど、あまりよくならないので母が迎えにいって家に連れて帰ってきたの。亡くなったのは昭和二十年の秋だったわ。あのころ家の方にはいいお医者さんもいなかったし」

「肺炎の予後って、こわいんですってね。あたしたち、前に朝岡先生から聞いたことがあったわ。洋一君は実に利発な子だ、病気で寝ていても缶詰のラベルを見て英語をどんどん覚えてしまうって」

「ええ、利口なところはあったと思うわ」

栄子は藤田洋一の痩せた精悍な姿を思い浮かべていた。顎のとがった面長の顔は公枝とは似ていなかったが、その貧しげな服装は、公枝と共に学校のなかで目立っていた。

「学校でもショックだったでしょうね。集団疎開で亡くなったのは、あなたの弟さんだけだったんですもの」栄子はいった。

「ええ……。それであたしも妹も下の弟も、ずっと学費を免除していただいたの。おかげであたしたち、高等部まで行けたのよ。とても感謝しているわ。……なにしろ初等部のころは、父の月給の半分が月謝にかかっていたんですもの」

栄子は、田村敦子たちが公枝についていまでも言い触らしている噂話を思いだしていた。公枝のきょうだいが貧乏たらしい服装をして高等部から大学部までぞろぞろ入ってきたこと、それも洋一が集団疎開先でかかった病気がもとで死んだためなのだが、そればかりでなく学校側は公枝たちを学園にひきとめておくことで、都の教育関係の職場に勤めていた公枝の父親から情報を得る利益があったというのだ。しかし栄子は、その真偽を公枝に確かめてみる気持ちにはなれなかった。

「そういえば西本さん、亡くなったのよ。アメリカで遭った交通事故がもとで……」栄子はいった。

「ひどい事故だったらしいわ」

　公枝が身体を固くしたのがわかった。彼女は白い眼に複雑な表情を浮かべて栄子を見た。

「わるいけどあたし、西本さんが亡くなったと聞いても、なにも感じないの」

「そうでしょうね、やっぱり」栄子は口ごもった。

「西本さんは日曜日にあたしの家に遊びにきたことがあるの。母や弟たちとも仲良くなって、一日遊んで帰ったの。たしかにあたしの家はきょうだいが多いし、玄関に弟たちの下駄や靴が脱ぎすててあったりはしたわ。でもその翌日、西本さんはあたしの家がぼろくって、汚くって、貧乏たらしいってそれはひどいことをみんなにいいふらして……」公枝は口悔しそうにいった。

「遊んで帰ったの？　それは知らなかったわ」

「それと新庄さん……」

　公枝はまるで恐いことでも口にするようにその名前を口にした。栄子はうなずいた。

「たしかにあたしのうちは、豊かではなかったわ。でも畑もしていたから、食糧難の時代にはかえってよかったのよ」

「どうして転校していらしたの？」栄子は聞いた。

「母が学園長の考えに共鳴して……」

「あたしもそうなのよ。母が……。ひと迷惑な話ね」

「でもあたし、あの学園に行ったことを後悔してはいないわ。あそこにいたおかげで保育園に勤められたし、そこで紹介する人があっていまの夫と結婚して……」

「ほんと。じゃあいまはお幸せなのね」

「ええ……。あたし、毎日畑仕事もしているのよ」公枝がいった。

「夫が農家の長男で、去年土地を相続したの。相続税のためにある程度売ったんだけど、のこりの土地をあたしが耕してるの」

「それじゃ、本格的ね。道理でたくましい感じがするわ。あの辺の土地ならいま、大変なものでしょう」

「遊ばせておくと宅地なみの税金がかかるの。でもあたし、畑仕事は好きなのよ。とれたものは近所へも分けてあげるの」

　公枝の夫は、もとは地元の農民だという。戦前貧しかった都市近郊の農民で農地改革のあとも土地をもちつづけていた者は、高度経済成長のなかで土地を売って資産家になっていたが、公枝の夫もその一人なのだろうか。

かつて裕福な暮らしをしていた中産階級が敦子の家のように没落しかけ、公枝のような人たちがむしろ豊かになっている現実に、栄子は歴史の皮肉を感じた。孝子の家も栄子の夫も、自分の家を建てる土地をもたないサラリーマンなのだ。以前孝子から聞いたところによると、孝子の家は戦国時代からの名高い武士の家柄で、祖先は大正から昭和にかけて台湾の高官をしていた人だったという。東京の屋敷にはいくつもの築山や、厩まであり、馬や馬丁たちがいたのを覚えていると孝子は話した。「木谷さんの家も、なんとか財閥の系統だそうよ。あたしの家と同じで、お父さんの代は普通のサラリーマンか学者だけど」と孝子はつけ加えた。疎開時代、孝子は地元の子どもたちをはばかることなく「田舎っ子」と呼びすてにしていたものだった。しかし地元の小学生たちは背こそ低かったものの、並んで学校農場の陸穂《おかぼ》刈りをしたときには、たちまち栄子たちを追い抜いてしまったのだ。

栄子たちが疎開していた那須のあたりは、華族の多い土地柄だった。秋には学園農場で創立記念日のお祝いが行われて、生徒たちも末席に連なったのだが、そのとき農場には何人もの華族がフロックコートを着た従僕を従え、二頭立ての馬車で乗りつけてきた。そして栄子はそのわけを、最近になって知ったのである。

彼女は寮の廃墟をはなれたあと、記憶をたどりながら近くにある川まで歩いてみた。それは秋のはじめに一度だけ写生に行ったことのある川だったが、改めて行ってみると、激しい勢いで水を流しているだけの風情のない川だった。栄子はその川を少し遡り、それが研究所と箒川とのあいだの豊かな森をめぐっている人工の川だということに気がついたのだった。森には樅《もみ》やからまつなどの針葉樹と水ならなどの広葉樹が混じりあっていて、落葉の散り敷いた小路には、青い羽根をもった美しい小鳥の死骸が落ちていたりした。男の子たちがよく竹のスケートで滑りにいっていた田んぼも、この人工の川から水を引いているのだった。彼女は家に戻ってから図書館で栃木県史を調べ、その川が那須疎水と呼ばれる人工潅漑用の用水路だということを知ったのである。

那須野ヶ原は那須岳のふもとにひろがる四万ヘクタールの原野で、明治時代のはじめには、ところどころに樫の木や松の木が立っているだけのひろびろとした曠野だった。那珂川とその支流の箒川が流れているが、水の便が非常にわるく地下水も深くて、なかなか井戸を掘ることができなかった。江戸時代には農民の入会秣《まぐさ》場《ば》や藩の狩猟場になっていたが、明治以後官有地に編入され、ヨーロッパやアメリカの大規模農業のやり方がすすめられることになった。明治十二年に地元の人たちが集まって那須開墾社をつくり、開発計画を立てた。それは田畑をつくり植林をおこない、牧場をつくる計画だった。

はじめに移住して開墾にあたった人たちの苦労は大変なものだったという。夜中に大雪が降って夜着の上に一尺も雪が積もり、仕方なく松の枝で屋根をおおって一夜を明かしたこともあった。また一日がかりで水を汲みにいかなければならないため、米をといだ水で食器を洗い、さらに鍋、釜、手足という順に洗ったというほど、水を大切にしたものだった。

開墾社にははじめは豪農や地主と共に周辺の村々も共同名儀で加わっていたが、次第にそれが崩れはじめた。そして土地は数年間の貸付期間ののち、払下げという形で華族や明治政府の高級官僚の手に渡っていった。

明治十五年にようやく飲料水のための水路が開かれ、さらに十八年に国と県によって、田畑に潅漑できる水路が開かれた。これが那須疎水である。疎水の開削も、華族たちの運動によるところが大きかったらしい。疎水ができてから大きな農場が拓かれ、多くの人びとが移住してきた。これらの農場は松方、青木、毛利、戸田、山県、三島などの華族によって所有されていたため、華族農場と呼ばれた。それは林業を営む直営地と小作人に貸しつける小作地から成っていたが、直営地の比重は次第に低下し、小作制大農場へと変化していった。

栄子たちが疎開した馬事研究所は、もとは日本競馬会が所有する馬の養成所だった。しかし戦争がはじまって競馬どころではなくなったため、競馬会は国策に沿ったところを見せようとして、施設を国に寄附したのだった。当時、馬事の研究は戦争遂行のため必要なことだったのだろう。しかし戦争の機動力は、途中で馬力から機械力に切りかわった。馬を運ぶ輸送船も沈められるようになっていた。馬事研究所は、次第に時代遅れになりつつある施設だったのかもしれない。隣の独身寮にも松林のなかの小さな官舎にも、数えるほどの人しか住んでいなかったし、栄子たちは学園農場の青年たちの出征を見送ることはあっても、軍馬の出征に出会ったことは一度もなかった。

そして華族という階級は封建領主の昔から馬と縁が深かったのだから、日本競馬会とも密接な関係をもっていたにちがいなく、競馬会がこの土地に馬の養成所をつくったことも、学童疎開先を探していた学園に研究所を紹介した北見子爵が国立の種馬所の所長をしていたことも、おそらくは一つながりのことだったのだ。種馬所は塩原街道を隔てた向こう側にあり、農家に種馬を貸し出すのが主な仕事だと聞いていた。ジフテリアの血清もつくっていて、血清をとったあとの馬肉を疎開学級に分けてくれたこともあった。それは桜肉と呼ばれて、ある晩のライスカレーのわずかな中味になって、栄子たちの口にはいったのだった。

学校には華族の子どもは北見子爵の二人の子どもしかいなかったが、皇族との関係は比較的密接だった。一度高松宮夫妻が学校を訪れたことがあり、そのために何ヵ月も前から学校中が磨き上げられたのだった。芝生のなかの小さな雑草まで引きぬかれ、道は箒のはき目をつけて掃き清められた。そして夫妻の到着の一時間も前から道に並ばされていた栄子たちが最敬礼をしている一瞬のまに、夫妻は通り過ぎていったのだ。戦後になって、彼女は自由主義的な教育のため文部省からにらまれて正規の中等学校として認められなかった学園が、皇族との結びつきを深めることでその不利益をはね返そうとしていたことを、理解するようになったのだった。

「……実はあたし、あなたのことがずっと気になっていたの。初等部のときは気が弱くて、西本さんや新庄さんたちに反対できなかったでしょう、それで、お正月の会では駄目だったんだけど、秋の会ではどうしてもと思って……」栄子はいった。

「ありがとう、ほんとに嬉しかったわ」

「あたしだって、毎日びくびくして暮らしていたのよ」

「矢口さんが？　信じられないわ」

「ほんとうよ。あたしは一度、新庄さんにあのころのことをどう考えているか、聞いてみたいと思っているの。でもあれからあと、新庄さんはなぜかあたしに妙に親切なのよ」

公枝は黙って目を伏せていた。孝子の話に心を開いていないことは明らかだった。新庄孝子は西本郁子とともに、公枝が自分から切り離してしまった人間なのだ。栄子はそのことに心をうたれた。

栄子の部屋の棚の上ではいま、小さな手さげ籠にはいったぬいぐるみの動物たちが押しあっている。池袋で、別れぎわに公枝がくれたものだ。

「あの、これ、あたしがこしらえたものなんだけど、もらっていただけるかしら。軍手を裏返してこしらえたぬいぐるみなの。近くの公民館の区民教室で若いお母さんたちに教えているの」

「あら、可愛い。こんなにたくさん、いただいていいの？」

「ええ、可愛いでしょう？」

ぬいぐるみはほんとうに可愛かった。薄茶や灰色や赤紫色に染めた軍手が、豚や仔熊やねずみに変身していた。なかでも迫力があるのは、黒い狼だった。長く裂けた口からは真赤なフェルトの舌がのぞき、軍手の指の部分でできた二本の腕が、いまにもなぐりかかりそうに突きだしていた。

藤田公枝の心のこもった贈り物だ、と栄子は思った。自分にこれをもらう資格があるかどうかは別として……。

かつての自分たちのクラスも豚や熊や狼やねずみの集まりだったのかもしれない、と栄子は思った。すると大きな口をあけている狼は、どこか新庄孝子に似ているような気がした。

　公枝はどんなつもりでこのぬいぐるみを栄子にくれたのだろう。それは栄子たちすべてへの痛烈な皮肉とも受けとれた。しかし人の好い公枝が、そんなつもりで栄子にこの贈り物をくれたとは思えなかった。

　ぬいぐるみを棚に置いて眺めているうちに、栄子には次第にわかってきた。公枝がこの動物たちのぬいぐるみを思いつき、公民館に集まってくる若いお母さんたちを通して子どもたちに伝えようとしていることが、ほんとうに単純な、しかし栄子自身にもまだよくわかっていないことだったということが。それは狼も豚も、ということだったのだ。孝子はその独特な力の使い方をまちがえたことに、気がつけばよかったのだ。栄子もまた、もっと公枝に近づけばよかったのだ。そして咲子や敏子や栄子自身など、いじめられていた子どももやいじめられることを心配していた子どもたちが、お互いにいやなところばかり見つけあっていがみあうのでなく、たとえひそかにではあっても心のつながりをもち、それを伝えあえばよかったのだ。もちろんいまからでも遅くはないのだが……。みんなこのいじめ時代の裏切り通りで出会った仲間たちではないか。もうとり返しのつかないことはたくさんあり、たぶんとり返しのつかないことだらけなのだろうが、公枝の手さげ籠のなかでは豚とねずみと狼と二匹の仔熊とが、ぎゅうづめになりながらも仲良く暮らしているのだから。


（付記）この短篇は小説集『いじめの銀世界』（彩流社、一九九二年）の最後に入れます。　作者

生きている「本」

深沢夏衣

わたしの住む町の図書館に、今年の夏から新しく「生きている図書館」が併設されたので、いつか借りたいと、「本」のプログラムをもらってきていたが、その「本」は借り出すことができず、その場で読まなければならないうえに、時間も一時間と限られていた。さらに予約を入れたからには、かならず読みに行くのが「本」への礼儀でもあるから、気軽な読書とはいかず、それなりに決心がいる。そんなわけで延び延びになっていたのだが、ある日決心して予約を入れ、その日がとうとう今日で、わたしは落ち着かなかった。

さいわい朝から小糠雨で、寒くもなく暑くもなく、おだやかな雨が心を澄ませてくれるようで、「生きている図書館」に行ってその「本」を読むのにふさわしいと思えた。

それにしても、一冊の本を読むのに、こんなに緊張したことがあるだろうか。これまで読書といえば、机の前であったり、電車の中だったり、ベッドの上で寝ころんで、気の向くままに開き、疲れたり飽きたりしたらパタンと閉じて、また開いたりしていた。しかし、今日読むその「本」はそんな気ままなわけにはいかないのだった。

その「本」とは八十六歳のお婆さんのことで、図書館からもらった資料によれば、「激動の昭和」の波をもろに受けながら、今日まで生き抜いた人で、読者は一時間、この人と時間を共にし、どんな質問をしてもよいということである。

お名前は田瀬アヤさん。長らくブラジル在住であるが、現在日本に里帰り中で、この年末にはブラジルに帰国される予定ということである。

資料によると、田瀬アヤさんは一九二〇（大正九）年、大分県に五男三女の三女として生まれ、高等女学校を卒業後、一九三九年、一家で上京。杉並S式編物学園で学び、教授の免許を得て、山形県や愛知県などに出張講師として働いていた二十一歳のとき、当時の満州で日本企業に勤務する二十七歳の男性と写真結婚した。

一九四一年、夫の郷里・八幡市で挙式。式の当日初めて夫の顔を見て二日後、朝鮮の釜山へ船で渡り、釜山から満州の吉林市まで汽車に乗り、吉林市にて新婚生活を始める。翌四二年に長女、四三年に次女と二人の女の子に恵まれるが、日中戦争から太平洋戦争へと拡大する戦渦の中で日本へ引き揚げる途中、夫と二人の子供を次々と亡くし、一九四六年、ひとり日本に帰国。

一九四七年、再婚（二十七歳）。この年秋、夫とともに第二の人生を求めて十和田湖高原開拓に入植。翌年長女を出産するが、生活が立ち行かず、やむなく夫の郷里・大分県日田市へ。夫の両親と同居するが、食糧不足のため別居。四九年、難産の末に次女を出産。同年、大分市へ移転、お寺の本堂を借りて編物教室を開く。夫はミシンや編物機の販売など行うが、暮らしは好転せず、生活苦が続く。

一九五七年、ドミニカ移住。当時政府は敗戦後の極度の食糧不足解決のために海外移民を奨励、「カリブの楽園」「一年中作物が収穫できる肥沃な土地」「三百タレア（一八ヘクタール）の土地が無償」などの政府広告に夢と活路を求め、夫と共に八歳と九歳の娘を伴い、横浜港からアメリカ丸に乗船。四〇日余の船旅の末ドミニカ共和国の首都サントドミンゴに到着、日本大使館員に迎えられ、配耕地ドベルヘーに入植した。

現地は八〇軒の家があり一つのコロニアをつくっていたが、電気はなく、日本では見たこともない大型の蚊の大群に刺される日々。かんじんの土地はむかし海底だったらしく塩辛く貝殻だらけの沙漠状で、運河を掘っても掘っても水を引き込むことができず、泣く泣く見切りをつけコンスタンサという高地に移住。

コンスタンサでは野菜づくりを始めるが、農業の経験もなく、見かねた隣の耕地の日本人に苗床の作り方から肥料のやり方、畝の立て方など一から教えてもらった。

このころドミニカ国内で内乱が起こり、一九六一年トルヒーヨ将軍が暗殺されたため、それまで配給のあった牛乳と給料二四ペソもなくなり、生活は極度に困窮、地下足袋すら買うこともできず素足で農作業するばかりか、食べる米も肥料もメルカード（市場）からそのつど借りてなんとか飢えを凌いだ。やがて品質のよいトマトもできるようになったころ、ブラジルの芳賀領事が視察に来て、ブラジル行きを勧奨。ブラジル移住の資金づくりのためハラバコアに移住し、結局ドミニカ国内を四度移住の末、四年半を経て一九六一年、ブラジルに移住。

再びアメリカ丸に乗船してブラジルのサントス港へ。船の中で身元引受人が必要といわれ、ブラジルには知り合いもないため領事館が手配してくれたが、直前になって相手に拒否され、代わりにY氏を立て、Y氏の迎えを受けてカンピーナスに入植、トマトづくりを始めた。用意された住居はニワトリ小屋を改造したもので、そこににわか作りのベッドを四つ並べ、ドラム缶で入浴というスタートだった。家族四人懸命にトマトづくりに励み、収穫が始まったころY氏の裏切りに気づき、収穫途中のトマトを残し、一銭ももらわずにカンピーナスを飛び出し、サンパウロへ移住。怒った夫は前日、サンパウロに出向き、すでにメルカード（市場）のBOXに手付け金を打ち、引越しのトラックも用意していた。そこで知り合った日系人から銀行やアパートの保証人をはじめ自立のための懇切な支援を受け、小さなBOXでお菓子屋を始めた。

ポルトガル語の会話辞典を片手に少しずつ言葉を覚えながら、子供たちも通学のかたわら親子四人懸命に働き、BOXも四つに増え、お菓子やマカロン、生花、米や缶詰など店は繁盛したが、一〇年後、大型スーパーが進出し、メルカード全体が閉鎖されることになった。

この間、次女が美容師の資格を取り、美容サロンを開店。技術のよさが受けサロンは順調に伸びて従業員十人を抱えるまでになり、アヤさんはBOXを夫と長女に任せ、住込み従業員の食事づくりに追われた。ブラジルの女性はおしゃれで見栄っぱり、借金してでも旅行したり服を買ったり、週に二回もサロン通いする人も多く、やっと生活も安定し、マンションや別荘を購入、人並みの暮らしができるようになった。一九六六年、アヤさんは二五年ぶりに日本に里帰りした。

しかし、一九八〇年代、ブラジルは経済が極度に悪化、超インフレで銀行預金は閉鎖されるなど社会は大混乱。一方日本は好景気で、日系新聞に日本企業の求人広告が目立つようになり、二世、三世までが日本に出稼ぎに行くようになった。

経済の悪化と共に治安も悪くなり、アヤさん一家は日本への帰国を決心、まず夫が帰り、続いて九一年、家や別荘を処分し、アヤさんと次女も帰国（長女一家はブラジルに残った）。

夫は愛知県の警備会社で働いており、ひとまずそこに落ち着き、数か月後、トヨタ自動車で働く三万人のブラジル人の需要をあて込み、ブラジル食の食堂を開店するために豊田市に移住。食堂はたいへん繁盛したが、やがて自動車業界の不況でブラジル人は真っ先に解雇され、来店客が激減したので、弁当配達に力を入れ、一日百食ほど配達した。

このころ次女が日系二世と結婚、日本になじめない次女夫婦はブラジルに帰って再び美容サロンを開きたいと言いだし、アヤさん夫婦は次女夫婦に従いていくしかなく、九六年、ブラジルへ帰国した。

三年後の九九年、夫が死去。享年七十六。このときアヤさんは七十九歳。現在八十六歳のアヤさんは次女夫婦と同居し、日中はひとり折鶴を折ったり、ベランダにやってくる鳩に米粒をやったり、トランプ占いを楽しむ日々であるという。

田瀬アヤさんの来歴を読みながら、わたしは思わずふーっと溜息をついていた。大変な人生だと思った。「生きている図書館」のことを知り、二か月ほど前、図書館に寄ったついでに、なんとなく田瀬さんに心引かれて資料を持ち帰ったけれど、じっくり資料を読むと、この「本」を借りることはなかなか大変なことだと思った。それでも、やはり、この「本」を読んでみようと決めたのは、田瀬さんがドミニカ移民のおひとりだと知り、こういう人にはたとえ望んでも会う機会などないだろうと考えたからである。

というのも、ちょうど二か月前に新聞で、「ドミニカ移民訴訟敗訴」という報道を眼にしたばかりだったからだ。わたしはドミニカ移民のことも訴訟が起こされていたことも知らないばかりか、ドミニカという国の存在すら思ったこともなかったので、ショックを受けた。記事によると、戦後の人口過剰、食料不足解決のために国は海外移民を奨励し、ドミニカ共和国へは二四九家族、一三一九人が移住(一九五六〜五九年)。しかし入植地は沙漠状の不毛な土地で、国はこのような劣悪な環境と知りながら移民を騙し送り込んだとして、その責任を問う訴訟が二〇〇〇年に提訴され、今回判決が出されたのだった。判決は国の責任を認めながら、提訴が入植から二十年以上経過しており、賠償請求権は消滅した、というのである。

そんな馬鹿な! わたしは思わず声に出して呟いていた。記事によれば、ドミニカ移民は「戦後移民政策のもっとも悲惨な失敗例」といわれ、すでに移住直後から「募集要項と現地の状況が違う」として六一年に一部の移民が集団帰国したという。残留者はその後も移住条件を守るよう日本政府と交渉を続けたが決裂、やむなく提訴したのである。この人たちは五〇年近くも不毛の土地と格闘し、国と交渉し、国を信じ、我慢と忍耐の末に提訴したのではないか。「祖国を訴えることはしたくなかった」という言葉が重く悲しい。それなのに、入植から二〇年以上を経過しているから賠償請求権は棄却、だって⁉ 裁判官は訴訟までになぜ五〇年もの年月がかかったのか、その重みを忖度するどころか、時効もわきまえず訴訟する者はばかである、国を信じる者は愚かである、といわんばかりではないか。だいたい国の責任、国の犯罪に時効があること自体おかしな話で、こういう法律は変えなければならないのである。国家の犯罪に時効があってはならないのだ。

わたしは理不尽な思いでいっぱいになった。そんな折に田瀬さんの資料を読んだのだった。そしてその来歴にあっと思ったのは、満州――引揚げ――十和田開拓――ドミニカ――ブラジル――日本――ブラジル……とまったく移住、移動のその一生である。加えてドミニカ国内では四度、そしてブラジル国内では三度の移住。しかも、そもそもの始まりの満州は、あの戦争がなければなく、その後の十和田もドミニカもブラジルも、すべてはあの戦争が起点となっており、あの戦争さえなければこのような人生はなかったのである。また、三年、耐えることができていれば日本の経済は好転し、ドミニカに移住することもなかっただろうに、貧しい者は貧しいばかりに玉突きのように不幸に翻弄される。そのことに思い至り、戦争とは死んだ者ばかりでなく、生きのこった者の人生もこのように無惨に翻弄するのだと改めて気づかされ、やはり田瀬さんにお会いせねば、そして田瀬さんの言葉を聞いてみたい、と思ったのだった。

一〇畳ほどの会議室ふうのテーブルの前に座っていると、図書館員とともに田瀬アヤさんが見えられた。金縁めがねに白いブラウス、黒のパンツ姿の田瀬さんはとても小柄で、右足が悪いのか少し引きずっていた。わたしが立って「初めまして。中村節子と申します。今日はよろしくお願い致します」と挨拶すると、にっこり笑って「こちらこそ」それから「わたしは話し下手だから……。上手にできるかどうか」と言われた。図書館員が去り二人向かい合って座ると、「あなたの名前、わたしの上の娘と同じ。お年は?」と聞く。「昭和三二年生まれですから、四十九歳です」「まあ! 昭和三二年といえばわたしがドミニカに行った年だ」と感慨深そうにわたしの顔を見つめた。わたしは、はいと頷いた。ちょうどドミニカという言葉が出たので、裁判の判決がこの六月に出ましたが、と聞くと、自分は裁判に加わっていないとのことだった。

ドミニカ移民に応募されたのはどんな事情で?

田瀬さんはちょっと考えるふうに小首を傾げていたが、「生きるためでした。若いあなたには想像がつかないでしょうが、戦後の日本はとても貧しくて生きていくのが大変でね。来る日も来る日もお芋を探す日々でした。同じ食えないならアメリカへ行きたいと思っていたけど、アメリカには行けない。ではブラジルへと思ったけどブラジルは十六歳以上の働き手が三人以上必要ということで、仕方なくドミニカ移民に応募したのです」

ずいぶんご苦労されました。

「はい。でもわたしたちは四年半で離れたから、苦労したなんて恥ずかしくて言えない。残った人たちのあの苦しみを思えば……。働き尽めの一生でしたがドミニカでは一番働きました。でも、どんなに働いても食べていけません。それを辛いと思う余裕もありませんでした。我慢、我慢。忍耐、忍耐。その言葉を毎日毎日、朝に夕に自分に言い聞かせて生きてきましたから。どんな苦労だって、引揚げの時のことを思えば耐えられました」

日本に帰りたいとは？

「帰ったって生きていけないことがわかっていましたから、思わないようにしていました。もう食べることが大変で、日本へ帰りたいと思うようになったのは、七十を過ぎて体が弱ってきてからですね。死ぬときは故郷の大分で、と思いますが、それはできないことだから思わないようにしています」

ドミニカは政府の話とずいぶん違っていたようですが、どう思われますか。

「恨みに思います」

わたしは次の言葉を待っていたが、田瀬さんはこれで終わり、というように口を開かない。口元を見ると、心なしか口を緊めて意志的に言葉を閉じこめているように見えたので、わたしは質問を変えた。

これまでの人生で一番悲しく苦しかったことは、どんなことでしょうか。

「戦争に敗けて混乱のなか逃げる途中で、夫と二人の子供を死なせてしまったことです。これまでは生きることに追っかけられて、三人のことを忘れていたわけではありませんが、七十歳を過ぎていつお迎えがくるかと思いはじめたころ、自分の人生は何だったのかと振り返る日々がありました。子供のころや編物教師をしていたころのこと、満州でのこと。ところが引揚げの途中で死んでいった三人のところにくると涙が溢れて止まらなくなり、もう、その先のことはなにも頭に上ってきません。何度も何度もそんなことをくり返し、そのたびに泣いて泣いて、ようやくその先のことを振り返ることができるようになったのです。三人が亡くなったときには涙など一粒も出なかったのにねえ。夫は二十九歳、上の娘は三歳、下の娘は二歳でした。

夫は盲腸炎を患い、そのころ住んでいた弥栄開拓団の診療所に行ったのですが、あいにく訓練のために医者がいず、そこから八時間かけてチャムスの赤十字病院に行ったときには手遅れで、手術はしたものの死を宣告されました。ところが入院四日目に突然病院の庭に集合するようにいわれ、集合するとそのままトラックに乗せられ、駅から貨車に乗せられて千振の開拓団に着いたときにソ連の軍隊が入ってきたことを知りました。避難するとは知ってましたが、まだ戦争に敗けたことも知らず、どこに向かっているかも知らないまま貨車に乗り、また貨車に乗り換え、その途中で日本が戦争に敗けたことを知りました。夫の診療のために家を出てきたので所持金も少なく、着替えも子供らのおむつと衣類だけでしたが、その大事なものをどさくさで見失い、一文無しの着のみ着のまま、夫は担架にのせられ、わたしは下の子を背負い上の子の手を引いて逃げました。

ところが千振の開拓団は匪賊の襲撃で全滅したため牡丹江へ向かったのですが、牡丹江はソ連軍に鉄橋を破壊されたため行けなくなり、何時間も待って、また弥栄を通って逆戻り。貨車が弥栄開拓団の駅を通過したとき、駅の隣にある自宅の窓ガラスが壊され、家の中の物や、子供たちが大事にしていた人形が庭に投げ出されているのが見えました。それをただ、見つめるばかりでした。

やっと綏花《スイカ》という所に着いたとき、ここからは重病人は置いていく、つまり病人は見殺しにすると宣告され、わたしはいやがる夫を背中にくくりつけ、二人の子供の手を引いて歩きました。七〇キロあった夫はひどく痩せて、それを悲しいと思いながらも歩くのに楽だとも思ったものです。

そんな一か月がたったころから次々と死人が出るようになりました。夫も傷口の治療を受けることもできず、最期は医者に注射を打たれて亡くなりました。わたしは高熱で倒れ、夫の遺体は二人の男性が埋葬してくれました。その時夫が寝巻の上に着ていた綿入れの丹前を脱がせてもらい、針と糸を借りてそれで子供の着替えと足袋を縫いました。貨車の中で死んだ子供や年寄りは、大きい川を渡るたびに窓から川に投げたり、停車した駅の大きなごみ箱に捨てられたりしました。

そうやって四〇日くらいかけてやっと大連に着いたのですが、汽車から降りると足が立たず、棒を探して杖にしてやっと行列に入り、明治広場のそばの学校に入りました。途中、婦人会の人が水とおにぎりを台に並べて食べなさいと言ってくれるけど、疲労と何日も飲まず食わずでいたため、どうしても喉に入りません。

やっと生きて大連に着いたのに、ここで二人の娘がはしかで次々と死んでしまいました。一文無しのわたしはずっと物乞いのような毎日で、子供らには食べ物どころか水さえ満足に飲ませることができません。汽車が停まればお金のある人は中国人の物売りから買えるけど、それができないので、子供の口に汗を拭いたタオルを絞り込んでやることしかできません。ああ、水が欲しい！ 水さえあれば、と何度思ったか。

二歳の恵美子は大連の町の人からもらったリンゴをかみ砕いて口に入れてやると、とても喜びましたが、その日のうちに死んでしまいました。三歳の子は一週間ほどして大連の赤十字病院に入ることができました。牛乳をもらって半分だけ飲ませるようにといわれたので半分飲ませると喜んで「もっとほしい」と泣きます。あまりうるさく泣くので口の横をちょっとつねると泣きやんで、「かあちゃん、どこで寝るの」と聞くので「敏子ちゃんと一緒にここにいるよ」というと安心して眠りましたが、そのまま息を引きとりました。口の横にはわたしがつねった痕が残っていて、牛乳瓶にはまだ牛乳が半分残っていました。可哀想なことをしました。二か月の間に三人もの大事な人を死なせてしまい、わたしも鳥目（夜盲症）になって夜になると目が見えなくなってしまいました。自分も死のうと考えましたが死ぬことができず、生きて死んだ人の供養をわたしがせねば、と思い直して生きることを決心したのです」

田瀬さんは眼鏡をずらして、指先で滲み出た涙を拭った。それからわたしを見て、ごめんなさいというように微笑した。

「わたしは無学で難しいことはわかりません。でも戦争ほど残酷なものはありません。あの戦争で二億もの人が世界で死んだというけど、それだけの犠牲者を出してよいことが一つでもありましたか？　生き残った人の誰に聞いても答えられないでしょう。でも戦争はなくなりませんね。今もアフガンやイラクのニュースで子供の泣く顔を見ると体が震えます。

わたしももう八十六歳です。目も腰も足も悪くなり、いつ死ぬかわかりません。もう日本に来ることもできないでしょう。ただ思い遺すことがひとつだけあるとすれば戦争はしてはならないという思いだけです。わたしのような人生を誰にもくり返してほしくないという思いが年をとるごとに強くなり、子供にも孫にもそのことばかり言うので笑われてしまうのですが、本当のわたしの心なのです」

「はい」とわたしが頷くと田瀬さんは羞ずかしそうに「偉そうなことを申しあげてごめんなさいね」とうつむいた。

わたしは、それでは、これまでの人生で一番うれしかったことは何ですか、と尋ねてみた。すると田瀬さんは静かな笑顔になって、

「再婚した夫を送った翌年の平成一二年に、日本に帰ったときに、満州で死んだ三人のご供養ができたことでした。手元に位牌があるわけじゃないけれど、九州の小さな漁村の暗い仏壇の中にあるはずの位牌を思いながら、毎朝手を合わせておりました。代も替わってどうなっているのか、わたしがしなければ誰もしてくれない三人のことをずっと気にしていたので、長年の思いが叶ってうれしかったです。五十回忌の法要をすませれば魂は遠いところに行くといいます。これで二人の魂も遠くに行けたと思うと、重かった肩が軽くなりました。

思えば、長い長い道のりでした」

わたしは、人の生涯の厳粛さ、人を思いつづけることの厳粛さに強く打たれて、ただ頷くばかりだった。すると田瀬さんは秘めていた感情に誘われたように、

「自分の人生はなんのためにあったのかしら、と時折思うことがありますね。再婚して生んだ二人の娘や孫たちを見ていると、死なせてしまった二人の子が思いだされて胸が痛みます。あの子たちは、ただ死ぬためだけに生まれてきたのかと……。全然知らない人と、会ったその日に結婚して、愛情のわかないうちに子供ができて、や

っと夫の性格がわかりかけてきた時には死に別れてしまいました。

ドミニカへ行ったのは二人の娘にお腹いっぱい食べさせてやりたかったからです。腹を空かせて死なすようなことだけはしたくなかったからですが、貧しくなるばかりでした。ドミニカのことは思いだしたくもありません。移民といいますが、移民はみんな国から棄てられた人間だと気づいたのは、ずうっと後のことでした。でも、今は三人のご供養ができる日まで生きられたことを幸せだったと思えるようになりました」

田瀬さんの話はどこまでも死者を離れることはないのだった。


田瀬さんに挨拶して図書館を出ると、雨は上がっていた。家に向かうわたしの中に、戦争はしてはだめ。わかりますか。自分のような人生を誰にも経験してほしくないのです。――田瀬さんの静かな声がじんわりと胸の中に染みわたり、これまで読んだどんな本よりも説得力をもって響くようだった。

人は体験しないものを身心に刻むことも記憶することもできない。だから体験者の言葉は理性に刻むしかない。そして、その理性を発動させるのはあなたの意志なのです。そのことを田瀬さんに問われたのだと思った。そうでなければ、わたしの人生はなんの意味もないものになってしまう、そうでしょう？　田瀬さんにそう言われたのだと思った。

「生きている図書館」とは誰が名づけたのか知らないけれど、この名づけの意味には深いものがあると思った。わたしはこれまでいろいろの本を読み、たくさんの人の言葉を聞いてきたと思うが、ほんとうに読み、聴いてきたのだろうか？　これからは、今日のように、心を澄ませて人の言葉をよく聴き、よい言葉に出会ったら身心に刻むようにしよう。田瀬さんの人生を意味のあるものにするために。

パソコンを買う

村松孝明

十年ほど使っているパソコンの調子が悪くなってきた。そろそろ換え時かと思い始めると、すぐにでも欲しくなる。どうせ全部の機能は使いこなせないのだから、基本機能だけの安いので十分だ。ネットで探すと外資のものだが、家電量販店よりかなり安いのが見つかったので注文することにした。この会社は注文を受けてから作るシステムで、在庫の無駄を省くなど徹底した合理化をして、他のメーカーより安く売ることで伸びてきた会社だ。

注文するとすぐにメールの返信が来た。当社を選んでくれて感謝するという礼状と、振込番号と金額、それに振り込みが確認できたら製造を開始すると書かれていた。振り込むとその日にメールが届いた。振り込みが確認できたので、製造を開始したこと、四、五日で手元に届くこと、受付番号と電話番号を入力すれば現在どの過程にあるか確認できること等だ。二日後に確認すると、製造されて今日運送会社に引き渡されたので、二日で届くと書かれていた。

二日過ぎたのに届かないのを不審に思い、メールをチェックすると二通入っていた。二通ともパソコン会社からで、『ご注文いただいたPCのお届け先について』とタイトルが付いていた。『お世話になります。〇〇会社の谷口でございます。この度は弊社HPよりご注文いただきまして、ありがとうございました。早速でございますが、本日指定のお届け先にPCをお届けしたのですが、ご指定の住所にございます表札が違うとのことで、配送業者より連絡が入っております。恐れ入りますが、このMailをご覧いただきましたら、下記電話番号までご連絡いただけないでしょうか。担当 営業課 谷口智子』そして電話番号が記されていた。表札が違うとはどういうことなのか。この土地に来て十年になるが、一度だって郵便局や配送業者から問い合わせが来た記憶がない。

表札が違うとは理解に苦しむ。二通目のメールもほぼ同じ文面で入っていた。さっそく電話を入れたが繋がらない。いくら待っても呼び出し音が鳴っているだけだ。この会社はどんな会社なのか。新種の振り込め詐欺ではないかという疑問さえ湧いてきた。配送業者はなぜ電話をして来ないのか。配送車に携帯電話ぐらい、配備されているだろうに。電話番号は宛名と一緒に表記されているはずだ。電話をくれと言ってきたのに、いくら鳴らしても繋がらない。仕方がないので、メールで改めて住所と電話番号を書き込み、表札は出ていることを知らせ、心配なので明日また電話することにした。

翌朝電話したが、事態は昨日と変わらなかった。何度電話しても、呼び出し続けるだけで、誰も取る気配がない。振り込め詐欺の疑いが消えたわけではないが、ここまで来て私はやっと気づいた。昨日電話したのは、仕事が終わってからで夜の七時ごろだ。今日は土曜日、つまり昨日は会社が終わっていて、今日は休みということではないのか。そうだとしたら留守電に案内ぐらい入れておいたらどうだ。それよりも連絡をくれではなく、電話を入れるのが普通ではないのか。妻は家にいたはずだし、たとえいない時間でも、留守電に入れることぐらいできるはずだ。とにかく明日もう一度電話して、出なければそう思うことにした。

電話は昨日と同じで鳴りっぱなしだ。かなり大きい外資系の会社なのに一体どういうことか。いや、外資系だからかも知れないと、私は思い始めた。この国の常識とは違うと思えば、いくらか見えてくる。仕事はきっかり五時で終了、土日の休みは当然。その当然の事柄を、なぜテープで案内しなければならないのか。経費の無駄だ。ましてや表札も無いような住所なら、お客のミスだからこちらから電話代を出して確かめるまでもない。そんなところだろうか。

私用電話は厳しく禁じられているが、こっそり会社から電話をするとすぐに繋がった。『お電話ありがとうございます。〇〇会社の営業担当の谷口でございます。ただ今電話に出ることができませんので、後ほどこちらから掛け直します。お名前と電話番号をお教えください』私は戸惑ってしまった。テープレコーダーの人間味のない声にというわけではなく、予想外の留守電だったからだ。

電話を掛ける時、漠然とだが電話線の向こうの部屋の状態を思い浮かべていた。電話が何台もあり、人間も大勢いる大きな部屋。しかし、繋がったとたんに私の脳裏に浮かんだのは、電話一台だけの狭い部屋、しかも一人だけ。トイレにでも行ったので留守電にしたのではないかと思った。それともお茶でもしているのか。トイレだったらすぐに掛けてくるだろうが、営業に出かけているとしたら、午後になるかも知れない。私用で会社の電話を教えたら厄介なことになりそうだ。会社は緊急連絡以外の電話は禁じている。かつては友人からの電話で、話し込んだりセールスの電話を冷やかしたりと、牧歌的であったが、いつの間にかそんなことが許される雰囲気ではなくなっていた。しかし、連絡先はここ以外にはできない。会社は携帯の持ち込みさえも禁じているのだ。厄介だがまあいいかと、私は職場の電話番号を留守電に吹き込んで電話を切った。

いつ掛かって来るかわからないので、この電話にはこまめに出るしかない。保険会社の電話には、手続き上の質問と苦情が圧倒的に多い。苦情に引っかかるとやたらと時間を取られ、自分の仕事の時間がなくなってしまう。即その場で済めばいいが、二、三日、一週間場合によっては二、三ヶ月引き摺ってしまうこともある。大概は吉野文香が出るのだが、私宛ての電話が掛かって来るまでは、なるべく出た方がいいだろう。一応、文香にも話はした。私は内緒話のつもりで言ったのだが、復唱して了解と言う元気な声が返って来た。

文香は入社三年目だ。高校時代女子ソフトボールのピッチャーをしている。上背はそれほどでもないが、骨太で筋肉質の引き締まった体をしていた。それに誰よりも元気がいい。皆、朝の仕事に取り掛かっている。私は外務員が持ち出す満期や死亡や入院の保険金を端末機で入力する。文香は大きなテーブルの上で、封筒に書かれた数字を見ながら札や硬貨を載せていく。別の男が確認のためにそれを数える。外務員が預かってきた書類の不備を指摘している人もいる。外務員は今のうちに言っておかないと、一旦出てしまえば夕方まで帰らないからだ。保険金は振り込みにするのが会社の方針だがなかなか進んでいない。現生がいいと言うお客もいるし、何より外務員が現金の方が新規契約に繋げ易いと思っているからだ。

電話が鳴ったので出ようとしたら、一瞬早く文香が出た。文香は「はい」「はい」と聞いている。そのうち申し訳ありませんと言いだした。苦情電話だ。申し訳ございませんと連発する。これは長引きそうだ。

「誠に申し訳ございません」

電話に向かって頭を下げる文香。何度も何度も下げている。私が一瞬早く出ていたとしても、同じことになっていただろう。

長い電話が終わって、文香は受話器を置いた。いきなり立ち上がると、

「ウオー」

雄叫びを上げ、自分の机の脚をガツンと蹴った。

「糞ババアー、下手に出ていればいい気になりやがって、もとはと言えばてめぇーのミスでねーか。期限切れの保険証なんか出しやがって、糞ババー死ね」

自分の机を平手で叩いた。手が痛いだろうと思われるほど、派手な音をたてた。ソフトボールのピッチャーの手だ。その手で力任せに叩くのだから、半端ではない。一瞬室内が静まり返った。

「おや、お上品なお嬢様」

笑いながら言ったのは、中年女性の河名だった。その一言で、職場の緊張した空気が解けた。またかと私は思った。文香は時々この手で、ストレスの発散をする。手段はともかく、即その場で吐き出してしまう性格には感心させられる。大概の男は、しっかり溜め込んでいる。日々溜め込んだものは、いずれ形を変えて出て来るはずだが、どのような形で出るのか空恐ろしい。

文香はこれだけではない。飲みに行こうと、若い男を摑まえて誘うのだ。腕を摑んで、飲みに行こうと言うのだが、大概の男は断る。文香のすごいところは、断られても決してめげないことだ。その場は諦めるが、次回にまた誘う。若い男たちは、文香の酒の飲み方を恐れて、逃げ回っているのだ。嫌な電話の後は、居酒屋でストレスを発散する。しかも、とことん飲む。次の日には、頭痛がする、仕事したくない、帰っていいかと言う。上司に向かって、そんな事を平然と言えるのは文香だけだ。するとと決まって河名が近づいて来て、

「フミちゃん、またやったの」

スカートから出ている膝小僧を覗き込む。膝は無数の古傷があるが、かなりの頻度で生々しい擦り傷が付いている。酔い過ぎて階段を踏み外してできた傷だ。古傷はソフトボールの練習時のものもある。

「今日は大丈夫そうね」

「河名さんがそうやってプレッシャーかけるから、こんなになっちゃって」

事務服の腕を捲くると、青黒い痣ができている。若い男どもは、そんなわけで敬遠しているのだが、酒好きの中年男たちは、面白がって付き合っている。文香は外部からの電話のほとんどを一人で引き受けていて、その何割かは苦情でクレーマーたちの餌食になっているのだ。

私への電話はなかなか来ない。待つよりもこっちから掛けようと、受話器に手を掛けると電話が鳴った。取ると抑揚のないあの留守電のテープの声だ。まだ留守なのかと、私は一瞬錯覚してしまった。私が掛けたのではなく、向こうから掛けて来たのだ。声が同じなのはいいが、感情をすべて排除した人間の声というよりも味気ないコンピューターの合成音。パソコンをネット販売する会社だから、コンピューターに回答させるそんなシステムを開発したのだろうか。私の頭は混乱した。

「お電話をいただきありがとうございました。メールも拝見いたしました。メールでも書きましたが、配送業者から住所には別の表札が出ていたので、配達できないと

て下さい」

いう連絡を受けました。アパートならば部屋番号を教え

感情の全くないのっぺらぼう。不気味な喋りは、やっ

ぱりコンピューターなのか。いくらこの世界が日進月歩

でも、電話で会話ができるほど進歩したとは思えない。

「アパートではないし、表札もちゃんと出ている。長年

ここに住んでいるけれど、今まで一度だってこんな間違

いはなかった。いったいどこの運送会社を使っているん

だ。安く上げようとして、潜りを使ったんじゃないのか」

テープの声に向かって苦情を言うのは腹に力が入らな

いが、後で何か言ってくるだろう。

「それでしたらもう一度配達するように、配送業者に指

示します」

会話になっている。やっぱり人間が言ったのだ。しか

し、私はこの無表情な話し方に腹が立ってきた。人間の

気配がまったく感じられないのだ。完璧なコンピュータ

ーに穴を開けたくなってきた。

「土日でセットしようと思っていたのに、予定が狂って

しまったじゃない。どうしてくれるの。今日中に配達し

なよ」

「それは無理です。持ち帰っているので、早くても明日

になります」

私がこれだけむきになっているのに全く、感情がない。

どういうことだ。

「明日本当に届くのか。同じ条件なのに、どうして届く

と言えるのだ」

私は明日に拘っているのではない。ロボットのような

回答に、少しでもいいから人間の気配を感じたかったか

らだ。電話線の向こうの部屋で、椅子に腰をかけ受話器

を握っている人間の姿が想像できないのだ。機械が積み

重なった空間のない部屋。時々熱の放出されるファンの

音が、機械の呼吸のように息づいている。私にはそんな

無機質な部屋しか想像できない。

「配送業者に連絡を取って確認してみます。何か目印に

なるような物はないでしょうか」

相変わらず感情のない音が返ってきた。私は何として

もこの声の持ち主が、人間なのか機械なのかをはっきり

させたかった。

「表札がないので持ち帰ったというのは嘘だろう。なん

らかのアクシデントで、製品が間に合わなかったとか」

「当方は配送業者から連絡を受けたので、お伝えしてい

るのです」

相変わらずテープレコーダーのような声で、揺れがな

い。

「そんなこと誰が信じると思う。業者が探し当てられな

かったら、電話ぐらいするだろう。それがプロってもん

だろうが……」

「電話番号を配送業者に知らせてもよろしいのでしょう

か」

「あたりめぇだろう。そういう時のための電話だろう」

私は感情を相手に感染させようとして、わざとぞんざいな言葉を使って言った。しかし不思議なもので最初は演技だったはずなのに、自分の感情がコントロールできなくなっている自分がいた。

「それでは電話番号の許可をいただきましたので、配送業者の方にお伝えします」

「君なぁ、その喋り方は何なんだ。お客に失礼じゃないのか。君は機械なのか」

「私は機械ではありません」

今まで以上の機械音が返ってきた。この一言で昂ってきた感情が、スーと引くのがはっきり分かった。機械相手に腹は立たない。相手が人間だから腹が立つのであって、感情のない機械には腹は立たない。そうだったのか。こいつは長年の知恵でこんなテクニックを身につけていたのか。機械音になりきることで、どんなクレーマーからも身を守ることができる。それを実践しているのだ。


「先輩らしくないですよ。どうしちゃったんですか」

文香が私の腕を摑んでいる。私はどのようにして電話を切ったのか覚えていない。

「先輩疲れているでしょう。今晩、付き合ってあげる。飲みに行こう」

腕を摑み私の眼を覗き込むように見て笑う。私は日ごろから文香にはいい感情を持っていない。年頃の娘がやたら男の体に触り、人の顔を見れば酒に誘うし、先輩と言いながら先輩とは思っていないような態度。しかし人の眼をまともに覗き込んで、話しかける時の笑顔は人懐こくって悪くない。誰だって笑顔はいいが、文香は特別だ。口元だけのおざなりな笑顔ではなく、眼を合せて笑いかけてくる。


「先輩、遅いですよ」

文香が通用口で待っていた。私は忘れていたと言うよりも、誘いに応じたつもりはなかった。しかし、断りもせず、曖昧なままだったことも事実だ。文香は笑顔で近づき私の腕を摑みそうな勢いだ。

「ヨー、デートか」

外務の同僚が冷やかして通った。

「そう、デートなの、一緒に行かない」

文香は即座にこたえた。

「馬鹿、デートなのについて行けるかよ」

「そうね、じゃあ、また今度」

文香はバイバイの手を振った。こうなったら今さら断ることもできない。覚悟を決めて付き合うしかないだろう。

安くてうまい店があると私の腕を引っ張るようにして

連れて行ったところは、飲み放題食べ放題の焼き肉の店だ。文香のこの強引さが若い男達に敬遠される理由なのだろうか。

「生ビール、ピッチャーでお願い。それから食べ放題の焼き肉、じゃんじゃん持って来て、お腹空いちゃった」

文香は慣れた手つきでどんどん網に肉を乗せては、ひっくり返す。

「先輩、どんどん食べて、野菜も肉と同じぐらい食べなくては駄目ですよ」

そう言いながらもビールを流し込み、大きな口をあけて肉や野菜を押し込んで美味しそうに食べる。

「どんどん食べて、どうせ割り勘だから。遠慮しないで、どうしちゃったの？」

「君の食いっぷりが見事なんで、食うのを忘れていたよ」

「俺って、そんなに変。パンダでも見るような目で見ていたけど」

今度は俺かよと思った。

「君な、レディーなんだから、俺って言うのは止めなよ」

私は堪り兼ねて言った。

「いけねェ、でも、仕事中は絶対言わないから」

私は思わずため息を漏らした。文香はそれを無視して、網の肉をひっくり返しては、

「これ食べれるよ。これも、これも。お兄さん焼き肉持って来て、生ビールもお願い」

文香は肉や野菜を網に乗せてひっくり返して、食べて飲んで喋る。手も口も休んでいる暇がない。

「先輩、いっぱい食べないと元気が出ないですよ。厭なことはパッと忘れてしまえばいいですよ。なんでうちの職場の若い子は元気ないんでしょうかね。鬱々として仕事しているんだから。厭だ厭だと言いながら仕事しているみたいで、変ですよね」

文香はジョッキのビールをぐいと飲み干し、ピッチャーのビールを並々と注ぎそれから私にも注いだ。

「若い子はみんな睡眠薬や抗鬱剤飲んでいるみたいですよ。だから俺、じゃなくって私は、元気になってもらおうと思ってみんなを誘っているんだけど、誘いに応じるのはエロおやじだけなんだから」

「俺もエロおやじってわけだ」

「違いますよ。私は先輩を尊敬しているんだから、ぶっきらぼうで取っ付きにくいけど、電話中にメモ用紙がないとさり気なく出してくれたり、ゴミ箱に投げたゴミが外れてしまったのを黙って入れてくれたり、私に来た苦情を先輩が黙って処理してくれたのだって知っているんだから……」

大きな目から大粒の涙が転げ落ちてきた。今度は泣き上戸か。大雑把でがさつな娘だと思っていたが、ちゃんと分っていたのか。苦情処理は本来なら、役職者が責任を持ってきちっとやるべきものを、若い女性の方が風当

りが少ないと押しつけていた。管理者の責任は重い。

「分かったから泣くなよ」

ポケットティッシュを渡すと、三枚抜き取り化粧気のない顔を乱暴に拭きながら、

「泣いてません。先輩じゃない、泣いてるのは」

文香は強がりを言った。確かに文香の言うように泣いているのは私の方かも知れない。おかしな職場を何とかしようと思いながら、何も出来ずに諦めきってしまったからだ。

「君は組合に入っているの」

私は以前、役員をしていたが最近は徒労を感じで、遠ざかっていたので誰が組合員なのかも把握していなかった。

「組合って何ですか」

文香は大きな口をあけて、肉の塊を押し込んだ。

「労働組合だよ。知らないのか」

「団結権、団体交渉権、争議権、労働三権でしょう。学校で習った。でもそんなのうちの会社にあるんですか」

今の役員は新人の勧誘さえしなくなってしまったのか。三年もほったらかしにしているとは、考えられない。少し目を離している間に大変なことになっているようだ。

「君に苦情電話のうまい処理方を教えるよ」

私は今朝から、ずっと考えていたロボットになって撃退することを話した。感情を消してロボットのように話せば、相手は諦めて撤退するからと、自信を持って勧めた。

「それは駄目です。俺はロボットになるためにこの会社に来たのではありません。いくら先輩でも却下します」

文香は左手を高々と上げて言った。その手をテーブルに叩きつけるのではないかと、冷やりとしたが、

「お兄さんビールじゃんじゃん持って来てよ」

文香の上体は心持揺れているようだ。

「その位にして置いた方がいいぞ」

「これからでしょう。先輩の有り難いお説教を聞くのは、しらふで聞けますか。ソフトやってた時の心構えはただ一つ、ピッチングマシーンにはなるまいということだけ。どんなに球が速くても、ロボットでは打たれてしまう。絶対こいつには打たれないと自信を持って投げないと。打たれるかもと迷った時は必ず打たれるから」

文香は左腕を上げて吠えると、上体が怪しく揺れた。

「先輩、せっかく人間に生まれてロボットでは悲しいっスよ。吉野文香は悲しいっス」

私は文香にくどくどと説教されてしまった。自分の軽薄な思いつきにうんざりしていると、それを見透かしたように話題を変えた。

「これから先輩のうちに行っていいですか」

私の目を覗き込んで、人懐っこい笑顔を浮かべながら

言った。

「藪から棒になんだ。俺には女房も子供もいるんだぞ」

「だからじゃないですか。マリちゃん可愛いよね」

「マリをどうして知っている」

「嫌だ、携帯の写真見せてくれたじゃないの」

そんなことがあったかも知れないが、私はすっかり忘れていた。

何でうちに来たいのか問うと、

「いつもお世話になっているので、奥様にお礼を申し上げなければと思って」

とテーブルに三つ指をついておどけた。今日は遅いから今度にしようと仕方なく言うと、文香は意外なほど喜んだ。調子に乗って、若い子を何人か誘って行くと言うのだ。社交辞令だったのに、私は文香のこういう無神経でがさつなところに、違和感を持っていたような気がする。

「大丈夫、奥さんには迷惑かけませんから。台所だけ貸してもらえば、材料持ち込みで料理作ります。こう見えても結構腕はいいんだから」

人の目を覗き込んで笑顔を送ってくる。それを見ていると私の持つ違和感の方が、間違っているのかも知れないと思えてくる。私が子供の頃よく親父は、会社の同僚を連れて来て酒を飲み交わしていた。おふくろは隣近所のおばさんたちと、お茶を飲んで話し込んでいたのを思い出す。我が家はここ数年、親戚以外で上がり込んだ者がいただろうか。

帰宅するとしばらくしてチャイムが鳴った。出ると早くても明日と言っていたパソコンの配送だった。制服でなく、普段着の若い男がバイクで来ていた。そんなに分かりにくかったかと聞くと、

「仕事帰りに頼まれて来ただけで、普通に来られたけど」

と荷物を突き出した。

「仕事帰りにわざわざ届けてくれたんだ。ありがとう」

「いや、帰り道だから、どうってことねース」

男はバイクに跨ると、挙手をして帰って行った。あっけない幕切れだった。

住所を見ると正確に書かれていた。電話番号も入っていた。余白には配達人が書いたと思われる鉛筆書きがあるが、薄くてよく分からなかった。

私は出勤すると迷わず谷口智子に電話をした。今度は留守番電話ではなかったが、相変わらず合成音のような声が返ってきた。私は名を名乗り、昨日届いたことのお礼を言うと、

「エッ」

かすかだが私の耳にはそう確かに聞こえた。少し間があって、

「ご迷惑をおかけしました。ありがとうございました」

また、もとの合成音であった。「エッ」と言うのは私の空耳ではない。確かに間違いなく聞こえた。思わず出てしまったのを、抑えた声。詰めたようなかすかな声が、谷口智子と今まで関わった中で唯一の肉声のような気がした。仕事でお礼の電話など受けたことがなかったので、思わず漏れてしまったのだろうか。

文香は若い男を摑まえて、今度先輩のうちに皆で遊びに行こうと、声をかけている。相変わらず断られてもめげない姿を眺めていると、このがさつで強引な娘は案外本物かも知れないと愛おしく思えてきた。

私は苦笑している自分に気づいて、仕事に戻った。

カクテルパーティ
大輪の花の露、二滴

早川眞理

戸泉エウゲニヤさん

1

国電（ＪＲ）お茶の水駅の階段を厚手のラクダ色のオーバーに身を包んだロシア人とおぼしい肥った老婦人が、足元を気遣いながらそろそろと降りてくる姿を時折見かけた。やがてこの方がニコライ堂ロシア婦人会会長を務め、付属のニコライ学院でロシア語を教える戸泉エウゲニヤ先生だと知るようになった。それは早大第二文学部露文科の在籍を中途放棄してから十年近く経ち、またロシア語を始めてみようと思い立った頃のこと。

早大文学部旧校舎の薄暗い廊下でよくブブノワさんの姿を見かけたが残念ながらその授業に出席する機会はなかったので、早くエウゲニヤ先生に習ってみたいものだと思った。けれどもエウゲニヤさんの授業には上級に進まないと出られない。初級から学びなおしている私には当分そのチャンスはなかった。そこでニコライ堂構内でエウゲニヤさんと出会うたびに、「ズドラーストヴィッチェ」と変な発音で思い切って挨拶してみ、笑顔で挨拶を返されるだけで満足し、胸をときめかせていた。

エウゲニヤさんのロシア語会話に出席したいという一念で初級、中級を猛スピードでぶっ飛ばし上級へ、会話クラスに籍をおくことができた。そして早大露文クラスで一緒だったＡさんやＯ君と教室で再会したのには驚いた。二人ともつつがなく早大を卒業している。おそらく、また勉強しなおしてみたいという年齢にさしかかったのだろう。それまで生きたロシア語を聞く機会がまったくなかった私は先生が話すロシア語も、私へ向けられる質問の意味すら理解できず、ポカンとしていた。日本の観光地の質問にＡさんが指で空間に地図を描きながらロシア語で答えているのを、羨ましく眺めているだけ。やがてわずかながらヒアリングにも慣れ、ちょっとした日常会話もできるようになった。その頃、先生が自宅でロシア語の個人教授をしていることを知り、お願いして週に一度ほど上高井戸のお宅へ通うようになった。

エウゲニヤさんは夫の戸泉憲溟氏と二人で2DKの都営アパートに住んでいた。壁際にベッドが、窓際に机が置かれている部屋で個人教授を受ける。隣りの部屋との襖はぴったり閉められていたが、ロシア語会話のやりとりの内容で私にどう説明してよいか分からないことが生じると、エウゲニヤさんは「パアポチカ（おとうちゃま）」と隣室へ呼びかける。すると、隣室からそれに答えるご主人の声が聞こえてくるのだった。

憲溟氏は東京女子大でロシア語を教える痩せて背の高い、品の良い紳士だった。その頃にはエウゲニヤさんに親しむニコライ学院生徒のグループができていたが、「憲溟氏の瞳は薄青い色をしているよ。エウゲニヤ先生とあまり仲が良いので色がうつったんだ」などと言い出す者もあった。憲溟氏は福井の由緒ある寺の生まれだが、ロシア革命前、仏教の修行のため大陸へ渡航する船中でロシア正教の日本人神父たちと知り合い、その感化を受け渡航先を急遽ロシアへ変更してしまったというエピソードを何かの雑誌で読んだことがある。著者は誰だったのか、なんという雑誌に載っていたのかは残念ながら記憶にない。その後、満州でエウゲニヤさんと出会って結婚し、戦後、若い二人の息子さんを含む一家四人で日本へ引き揚げてきたという。エウゲニヤさんはロシア貴族の出身で。革命後に国を出てハルビンに住んでいたらしい。シャリャーピンの独唱会がハルビンで催されたとき、花束を渡したというのがエウゲニヤさんご自慢の思い出話だった。シャリャーピンが大連から船でハルビンへ着いたのが一九三六年三月七日、コンサートの初日が開かれたのは三月十六日、エウゲニヤさん三十代のことらしい（小山内道子「時代のはざまに生きた〝バスの帝王〟――シャリャーピンの生涯と一九三六年の日本・中国巡演旅行」『異郷に生きる――来日ロシア人の足跡』成文社、参照）。

息子さんの一人は南米スリナムの地に渡り、日本でロシア語通訳として働いていたもう一人の息子さんを亡くされたばかりだった。黒い喪服に身を包み、ヴェールのついた黒い帽子姿のエウゲニヤさんにニコライ堂の夜庭で出会ったのはその頃のこと。ある個人教授の日、エウゲニヤさんはポケットの財布から折り畳んだ紙切れを出すと、そこに書き付けてあるエセーニンの詩「母への手紙」を朗読し始めた。しだいに涙声になり、涙が溢れて頬を伝う。なんと慰めたらよいのか、私は無我夢中で知っている乏しいロシア語を頭のなかに探った。

こんなふうに授業は一定のテキストによるばかりでは

なく、その時、その時に関心のある話題についての会話だったが、これがヒアリングとロシア語会話習得にどれほど役に立ったか計り知れない。私にとって初めて接するロシア女性だったがその温かい人柄と無邪気な愛らしさ。あるとき椅子に腰掛けて足をぶらぶら揺らしているうちに、スリッパが飛んでしまった。エウゲニヤさんは肥っているので、かがんでスリッパを拾うのはひと苦労。「パアポチカ、パアポチカ、スリッパが脱げてしまったの」と隣室へ呼びかけると、境の襖が開き、憲溟氏が現われた。跪いてスリッパを履かせてあげると隣室へ消えた。

授業が終わるとお茶になる。エウゲニヤさんは台所に立つと紅茶をいれはじめる。ロシア紅茶にジャムは欠かせない。「パアポチカ、ジャムの罎の蓋が開かない」。パアポチカが現われ、罎の蓋と格闘する。なかなか開かないのに苛立って、エウゲニヤさんは涙声で呟く。「あの子が生きていればすぐに開けてくれたのに…」。パアポチカは必死になり、ついに蓋がとれる。エウゲニヤさんはたちまちニッコリして、襖を開けた隣室の憲溟氏と三人でお茶をいただく。パアポチカが日本語で私と話すとエウゲニヤさんがご機嫌斜めになるので終始ロシア語オンリイ。これがまたどんなに会話習得に役立ったか計り知れない。こう書くとわがままでヒステリックな女性を想像するかも知れないが、そうではなく、まるで小さな女の子がむずかるような愛くるしさがあった。こうした姿はお宅へ伺い、憲溟氏と一緒のところに居合わせなければ見られない。ふだん私たちと接するエウゲニヤさんはニコライ堂ロシア婦人会会長にふさわしく包容力があり、柔和な温かさに満ちている。そこで、ただロシア語教師としてだけではなくエウゲニヤさんを慕う生徒も多かったのだ。

その後職場を業界紙に転じ出張取材などで忙しくなったことから、個人教授を受けに上高井戸のお宅へ通うのを辞めてしまった。また三年ほど通ったニコライ学院にも倦き、日ソ学院の会話教室を覗いてみて丸川マリヤ先生と知り合った。そんなある日、エウゲニヤさんと道でばったり出会った。近況を訊かれ正直に日ソ学院の会話教室に通っていると答えると、エウゲニヤさんは優しい笑顔で「それはいいですね、ほかのロシア人のロシア語を聴くのはとてもいいことですよ。しっかりやりなさい」と励ましてくれた。「正直に」というのは、自分の生徒を他人に取られるのを嫌い、ひどく気分を害するロシア人の先生もいると聞いていたからだ。

2

受取局印昭和四十一年十二月二十三日の速達葉書が舞い込んだ。エウゲニヤさんの会話クラスで一緒に学んだ公務員のS氏からだった。
「前略、突然ながらお知らせします。二十一日夕刻、戸泉エウゲニヤ先生が亡くなられました。病状など詳しいことは分かりません。また、告別式がニコライ堂で行われるとだけは聞きましたが日時はまだ決まっていません。ニコライ学院にお問い合わせください。十六日の最終授業日（文字通り最終になりました）は風邪だとおっしゃって大儀そうでしたので一時間でやめてもらい、例により新宿まで同行しましたが、まさかこんなことになろうとは夢にも思いませんでした。ただただ驚いてます」。

　心臓疾患による急逝だった。間もなく「二十二日密葬の儀を行なって荼毘に付し更めて告別式を営む」という通知を受け取った。いちはやく急逝を知った者は密葬に参列したらしい。会話クラスで一緒だった若い女性が啜り泣きながら電話をかけてきた。告別式は一月二十九日午後一時からニコライ堂でいとなまれた。

　告別式から幾日か経って、私たち五、六人の者が憲溟氏を励まそうと上高井戸の都営アパートを訪ねた。懐かしい部屋。復活祭の彩色した玉子を手渡し、「身体を大事にするのよ、あなたのママのためにも」と抱き締めてくれたエウゲニヤさんのぬくもり。ベッドの上の壁には彼女の若い日の肖像写真が掲げてある。初めて目にするものだった。そのなんとも香《かぐわ》しい美しさ。シャリャーピンに花束を渡す若い日のエウゲニヤさんの姿を私は心に浮かべた。憲溟氏は悲しみのなかにも楽しそうに、私たちを相手にしてまるで堰を切ったように日本語でとめどなく話すのだった。毎日の食事はどうされていますかと誰かが訊ねると、「食事には不自由していません、エウゲニヤがいたときも食事は一緒につくっていましたから」という答えが返ってきた。そして、「日本蕎麦はおいしいですねえ」と目を細めるのだった。私たちは安心してお宅を辞した。

　戸泉憲溟氏から二月七日付け「忌明御礼」を戴く。
「今般妻エウゲーニヤ死去の節は分にあまる御懇情をたまわり心から御礼申上げます。尚、忌明に際し一々御挨拶申上ぐべきはずで御座いますが故人かねがねの念願もありましたので会長の任にありましたニコライ堂ロシア婦人会と郷里の菩提寺に各金一封を贈りもって御厚志に報いさせていただきたいと存じますので御許しのほどを御願い申上げます」

　それからひと月後の三月七日午後十一時に憲溟氏が心筋梗塞で急逝されたという知らせを受けた。あれは九日の密葬の時だったろうか。上高井戸のお宅には溢れるほどの人が集まっていた。そのなかに早大露文で同級だったM君を見て私はまたしても奇遇に驚いた。Mさんは大学院へ進み、その頃はモスコーニュース東京支社で記者をしていた。奇遇といえば、憲溟氏の部屋の本箱に私の亡父の著書『日本歴史読本』を見つけ、これも私を驚かせた……。

その年の十二月、南米スリナムからご両親の墓参のため一時帰国された子息如二《ジョージ》氏を囲んで私たちはお茶の水のレストランに座っていた。年末に「戦後二十二年異郷にての思い遂に叶わず墓前に座して感慨無量でございました（略）近くふたたび離日し南米スリナムへ出立致します」という挨拶状を戴いた。三十年ほど経て「来日ロシア人研究会」（日本に居住、または滞在したロシア人について研究する会）会員の友人から如二氏が帰国され、父君の故郷福井に住んでいるという消息を聞くことができた。

初めて知ったロシア人がエウゲニヤさんだったことを私はとても幸せに思っている。エウゲニヤさんとの出会いが、その後のロシア人との交流を決定づける親愛感の基礎を成しているからだ。ロシア人と接触した個々のケースでは不愉快な体験を全くしなかったとは言えないが、エウゲニヤ先生との出会いがロシア文学とともにロシア人への私の親愛感の源となっている。

丸川マリヤさん

1

ソ連大使館で毎週映画会があり日本人にもみせてくれるというので、大使館へ通い字幕なしのソ連映画をみるようになった。字幕がないのでストオリイは想像という推量つき。登場人物たちがギャグを言ったりして観客がどっと笑っても、分からないので真面目な顔をしていた。そんなある日のこと大使館に近い神谷町のバス停で、白いサマーコートに身を包んですらりと立つ初老の外人女性に気づいた。たしか大使館のホールで見かけた人らしいので、おそらくロシア人だろう。背筋を伸ばして立つ彫像のような姿と、端麗な横顔が印象に刻まれた。

それは経堂の日ソ学院（現在は東京ロシア語学院）が代々木にあった頃のこと。三年ほど通ったニコライ学院にも倦き、日ソ学院の会話教室をちょっと覗いてみたくなった。このほかにロシア語の学校としては同じく代々木に東夫妻が指導する「ミール」があり、ロシア語学習者はこの三校をはしごして学んでいた。例えばエウゲニヤグループのTさんは「ミール」で学んだこともある私より十歳ほど年下の当時は若い娘さん。そしてその頃、在日のロシア人はニコライ堂へ通う者と、ソ連にシンパシーを抱き五反田にあったソ連系のロシア正教教会へ通う者との二派に分かれており、後者には日ソ学院で教えるロシア人講師も含まれていた（このソ連系教会はその後四谷の若葉町に移り、現在は地下鉄千石駅の近くに移っている。若葉町時代の終わり頃から神父もサンクトペテルブルクから派遣され、復活祭などにはロシア人で大賑わい。ニコライ堂のような壮麗さには欠けるが、さながらモスクワかペテルブルクの教会にいるかのような雰囲気である）。

事務所で見学の許可をとり会話教室へ入っていくと、教壇に座っていたのは神谷町のバス停で見かけたあのロシア人とおぼしい女性、マリヤ・アレクサンドロヴナ・丸川先生だった。自己紹介すると、「どこでロシア語を学んだのですか」と聞かれ、それまでの学習歴を答える。ニコライ学院に通い、戸泉エウゲニヤ先生に習っていたことを話すと、マリヤさんは身を乗り出すようにしてエウゲニヤさんの近況を訊ねるのだった。その日からこの会話教室へ通い始め、授業のあと代々木駅までの道をマリヤさんと一緒に帰るようになった。事務所に用事のある彼女を置いて先に帰ると、「どうしてこの前は先に帰ってしまったの」と叱られるので、待っていて連れ立って帰る。

間もなく私からこの会話クラスの話を耳にしたTさんがひょっこり駆けつけ、代々木駅までの道行きは三人連れとなる。ロシア語会話がかなり上達していたTさんがマリヤさんと並んで話しながら歩き、私は専らヒアリング、ちょこちょこ後をついて歩く羽目になった。やがて個人教授を受けにTさんも私もマリヤさんの烏山のアパートへ通うようになる。その頃マリヤさんは早大でロシア語を教えていた。夫君の丸川順介氏を病気で亡くしての一人暮らし。ベッドの枕元に近く置かれた脇机には亡き夫の若い日の写真、壁には敬愛するチェーホフの肖像写真が掲げられている。何葉もの色褪せた生家の家族写真も。書架にはロシア文学の古びた書籍がびっしりと並んでいた。

2

マリヤさんから戴いた一九六七年三月三十一日付けの手紙には「四十年ほど前にニコライ堂付属のプーシキン初等学校で働いていました」と記されている。マリヤさんの手紙は私が贈った小さな日本人形への礼状だった。プーシキン小学校で働いていたとき、若い日本人医師の一家と親しくなったとのこと。やがてこの医師は地方へ赴任することになり、記念に象牙製の小さな少年像を贈られたそう。マリヤさんはこの少年像をお守りのように大切にし、満州へも携えて渡り、引き揚げのときもリュックの隅に入れて持ち帰ったという。「この太っちょの少年に貴女からもらった人形はぴったりのお嫁さん。背はお婿さんより少し高いけれど」とユーモアを込めた礼状だった。とすると、マリヤさんは革命後の娘時代に来日し、その後満州へ渡り、新聞記者をしていた丸川氏と知り合って結婚、戦後、夫君とともに日本へ引き揚げてきたのだろうか。沢田和彦氏の著書「白系ロシア人と日本文化」にはマリヤさんについての記述もあり、姓はルチシコワで、一九〇二年ブラゴヴェシチェンスクに生れ、一九二七年ニコライ堂の招聘により来日し、露西亜国民学校の教務主任として勤務」とある（注、露西亜国民学校というのは白系ロシア人の子供のための学校、詳しくは同書参照のこと）。来日以前のことは詳らかではないが、マリヤさんは渡米（後述）前に回想記か自伝のようなものを書き上げており、原稿を早大での教え子A氏に託したはず。あの原稿はどうしたのだろう。日本人ルシストたちに貢献しながら、多くは名も残さず消えてゆくロシア人の先生たちのなかで、在日ロシア人の回想としても貴重なものであるに違いないが……。

一九七四年七月、マリヤさんは東京女子医科大学付属の至誠会第二病院に入院し、胆石除去の手術を受けた。Tさんと私は交替で泊まり込み、付き添いにあたった。F教授と前記のA氏、M氏の三人がチームを組みお世話していたが、男性でもあり、仕事のスケジュールもいっぱいとのこと。マリヤさんの女生徒や知人の女性たちも主婦で体が空かないとのことで、私たちが泊まり込むことになったのだ。TさんがF氏から連絡を受けては、私へ流してくる。徹夜で泊まり込み翌朝出勤するのは辛かったが、マリヤさんはとても喜んでくださった。若いTさんが主に泊まり込みを引き受け、私は二回ほどで終わる。この病院はかつて丸川氏が入院していた病院で、毎日のように看病に通ってきたマリヤさんの姿を看護婦さんは憶えていた。

一か月ほどしてマリヤさんは世田谷のセントラル病院へ移り、翌年三月一日、めでたく全快退院の運びとなった。退院して間もない三月五日、マリヤさんはノースウエスト機でアメリカ・サクラメント市に住む姪御さんのもとへ飛び立った。「半年ほどの静養のため」と挨拶状にはあるが、場合によっては定住ということになり、これが永の別れになるかも知れないと私は半ば覚悟して羽田へ見送りに行った。間もなく三月十四日付けの航空便を受け取る。

「なにもかもが思い出され、心は烏山へ飛んでいます。私は間違ってしまった！　私の年齢では環境を変えてはいけなかったのです。ふさぎの虫に取り付かれています。なにもかもが新しく、なにもかもに不慣れ、新しく生きなおさなければなりません。しかしもはや肉体的にも精神的にもエネルギーがないのです。烏山へ帰る日を指折り数えています」

3

四月五日に勤務先で思いがけなくマリヤさんの電話を受ける。一瞬アメリカからの電話かと錯覚したが、二日前に烏山へ帰ってきたばかりだという。さっそく烏山のアパートへ駆けつけると家具はそっくり階下の薄暗い部屋へ移され、住み慣れた二階の明るい角部屋はすでに新しい間借り人が占めていた。「アメリカでは鼻の高い人ばかりなので、鼻の低い人の多い日本に永いこと暮らしていた私は疲れてしまったのです」とマリヤさんは冗談で私を迎えた。妹さんはすでに亡くなり、アメリカでの生活様式に、姪御さんたちの生活様式に合わなかった様子だ。それはチェーホフなどロシア文学の本やルシストたちに囲まれて送る烏山での精神生活とはかけ離れたものであったらしい。けれども烏山へ思いのほか早く帰ってきた原因はほかにもあった様子である。セントラル病院でお世話になった医師に宛てた礼状を日本語に訳すことを私はマリヤさんから頼まれた。そのときの下書きが手元に残っている。三十年余りも前の手紙なので、マリヤさんと名宛人の相島先生にお許しを願って拙い訳をここに公表させて戴く。


「暑中お見舞い申し上げます。

毎日ひどい暑さですが先生にはいかがお過ごしでいらっしゃいますか。

親愛なる先生、私の著書を五月にお贈りすると約束しましたが本はまだ出ません。お許し下さい。私は著述を急かされ、私から資料を集めるため、私が最後の章を書き上げるために病院へ通ってきさえしましたのに。私はおそらく死ぬにちがいないと思われていたのでしょう。

私のアメリカ旅行のために先生はいろいろ助力してくださいましたが、アメリカでは良いことはありませんでした。アメリカはさまざまの対比の際立った、そして失業者の多い国であり、富裕な人々にとってさえ悲劇的な国なのです。私はアメリカの医師の忠告でやむをえず日本へ戻ってまいりました。六か月にわたって私を入院させておいてくださるという予防的養生措置によって、相島先生が私の生命を救ってくださったのだと、アメリカの医師は申しました。アメリカでは手術後の死亡率が高いのです。というのも、病人は手術後二、三週間で退院させられてしまうからです。私のような場合、アメリカでは医師は手術をするという責務を引き受けないでしょう、私は手術を受けるには危険な年齢ですから。

アメリカで私は発病してしまいました。というのはインフレーションが私に十分な休息と看護を与えなかったからです。おなかの縫合箇所のはずれに水腫ができ、破れて出血しました－今は黒いしみが残っているだけですが。このときも私が死ぬのではないかと心配されてしまい、そして私自身もアメリカにとどまるのが不安になりました。

　日本では丸川家に墓地がありますが、アメリカでは住宅の支払いをするのと同じように、何年もかかって墓地の支払いをしています。

　老年は不意に、予告もなしに私に訪れました。一九七四年六月には私は元気いっぱい、意気込んで教壇に立っておりましたが、突然あの発作に襲われたのでした……。

　ただ今、私は先生のご助力により静かに安らかに烏山で暮らしております。坂口先生が血圧をみていて下さいます。血圧は時折高くなりますが、私は心配しておりません。老年と不活発な生活にだんだん慣れていくようです。

　私はセントラル病院で忘れ難い、なにか大きな、精神的な、祈りのような、素晴らしいものを体験致しました。私の上に先生の親切なお顔が心配そうにかがみ込んできた時に！　なんという先生のお慈しみ！　先生の奥様とお嬢さまにお目にかかったことを思い出しております。

　ただ今はＦ教授と協働になる古典の改訂版の仕事をしております。自分の著書の仕事も続けており、いつそれが発行されるかは分かりませんが、遅かれ早かれ発行されましたらお贈り申し上げます。Ｆ教授は招かれて一年間の予定でモスクワ大学へ出立します（中略）。

　もちろん相島先生にとてもお目にかかりたいのですが、先生がひどくお忙しく、また私は通訳なしで日本に暮らし、日本語にますます上達しつつあるとはいえ、私の日本語が先生にとって大変理解困難なものであることを心配しているしだいです。

　ではご健康とご多幸をお祈りします。ご家族に心からの挨拶をお送りします。

あなたのマリヤ・丸川」

4

　そうこうするうちに、マリヤさんは八王子の多摩軽費老人ホームへ入居した。私宛ての宛名を書いた封筒を何枚もお渡ししてあったので、憂愁《トスカ》を訴える手紙を幾通か戴いている。Ｔさんと連れ立って、または一人でホームにマリヤさんを訪ねた。部屋は個室で、電熱器があり、紅茶くらいはいれられるようになっている。Ｔさんと一緒のときは外へ散歩に連れ出すこともあった。ホームでの秋の運動会の写真には浴衣に帯をしめたマリヤさんも写っている。楽しく過ごしてもいるのだなと私はほっとした。

　やがてマリヤさんは病気になり、世田谷の久我山病院へ入院した。一九七九年八月五日、二か月間の入院ののち、胆嚢炎による四十度もの高熱の繰り返しのうちに力つきて逝去された。マリヤさんの遺志により、五反田から移っていた四谷若葉町のロシア正教会で六日午後二時から告別式がいとなまれた。カンカン照りの真夏の日に多くの参列者があり、早大での教え子たちが棺を担いだ。千葉県大網白里海岸の墓地にマリヤさんは埋葬され、白里町にある聖母庇護修道院で一周忌の供養がもよおされたが、私は急な用事がありそれには参列できなかった。

思い出すのは、一九七三年に初めてのソ連旅行で買ってきたハルワ（砕いたクルミ、ヒマワリの実などを砂糖や油で固めた菓子）をお土産に持ってゆくと、「おお、ハルワ！」と感に堪えないように目を閉じて味わっていた表情。Tさんと三人で洗面器のなかで新聞紙を燃やし、その燃えかすの形で吉凶を占い、ロシアの占いの真似ごとをしたこと（実際は熱した臘を水に溶かし、臘がかたまる形で占う）。チェーホフを敬愛し、プーシキンの詩の数々を朗読してくださったこと。その朗読の声はまだ耳に残っている。夫に先立たれての異国での一人暮らし。マリヤさんの性格にはエウゲニヤさんのような円満な包容力は欠けていたかも知れない。なにしろ烏山のアパート時代には、家主である年配の主婦の目を盗んでは外出先から戻った靴のまま上がり込むという、掃除係りの主婦にとっては甚だ迷惑ないたずらもしでかしていたのだから。

ところで、マリヤさんの訴えるトスカに私はいったいどれほど応えることができたろうか（付記。マリアさんの民族名は正式にはアルメニア人。文中に引用した若干の書簡などは漢字表記などがママになっていることをお断りしておきます）。

短歌

葉桜

享年六十二　梅根長彦さんに捧ぐ

後藤秀彦

君の訃を聞きしは月曜日朝よりの時間の流れ止まつてしまへり
「おさきに」と言はず逝きたり葉桜は君の脳内染めてしまへり
忘れ得ぬひと日となりぬ君逝きし平成十九年四月十五日
九州の炭坑町より上京せし君は十八歳の少年なりき
日本は高度経済成長の盛りなり教育大に君は学びき
中国で見たるは何か中国語学びて旅せし世界史教師
功名に生きなば一所に一角の地位を得たらむ梅根長彦さん
木の文字の一画取れば悔恨なり凄い苗字の人と思ひき
にこにことひかる頭がやつて来る春風駘蕩・春夏秋冬
教師ゆゑ教師に生きたり無念なる未定年退職われには告げず
男ならば日本男児・九州男児男児と呼べる男少なし

小雨降る如月の夜北鎌倉の駅の別れが最後となりぬ

爽やかな笑顔の君が祭壇の真中にあるは夢にはあらず

区別なく人と和したる人ありき釋長英・梅根長彦さん

雨の降る通夜の日客は溢れたり人の心に君は生きをり

一校時の授業を終へて駆けつけぬ君の出棺見送るために

能面の翁となりたる君に会ふ笑顔重なる胸込み上ぐる

教へ子と共に写りし一葉の写真寄り添ふ棺の枕辺

一輪の白菊ささげ君の顔拝みて永遠の別れをなしつ

気丈なる喪主の挨拶矩三子さん二人で歩みし歳月思ふ

月火水木、水泳教室　金、中国語月に一度の料理教室

世の為にと学童保育のボランテイア始めしばかりの卯月十五日

娘へのメール毎日送りしといふ父なる君の姿を見たり

娘さん二人の涙に送られて君は彼岸の人になりゆく

位牌・遺影家族と共に君はゆく両手合はせて車影送れり

転勤時君は言ひたり学校に残るも地獄出づるも地獄と

徒党組む輩《やから》にあらず本質を見抜くに敏なり和して同ぜず
大楠で出合ひ別れて横須賀で再び会ひぬ定年近く
共に飲み共に語りし十余年高校教師の春秋なりき
生徒を連れ北海道への修学旅行写せし写真が遺影となりぬ
君逝きし齢近づく遠慮なくわれも今年は六十二歳
生き生きて君の思ひ出語りゆかむ生徒を育て書を読み歌詠み
梅根さん蓮の台《うてな》で会ひませう死ぬるも定め生くるも定め

今年また花は咲いたり葉桜の季《とき》巡り来る君はゐまさず

あとがき

子どもの頃に夢想していた牧歌的未来――手塚治虫が僕らに提示した科学技術の爛熟した「進歩と調和」の新世紀――とは全く異なる、その陰画のような時代を我々は生きている。「時代閉塞の状況」を憂う声は、いつに限らず、幾度となく繰り返されてきたのだろうが、今もまた息苦しい、生きにくい時代だ。一億総中流から、「格差社会」へ、さらに暗黒の中世を思わせるような、「下流」なる言葉が公然と跋扈している。

一人の社会人としての感慨に過ぎないが、この数年のグローバリゼーションの侵食は凄まじいとしか言いようがない。あらゆる場面において競争原理の導入、効率化、コスト削減、標準化、規格化が進行している。改革、再編、統廃合、吸収、提携、ガバナンス、トップダウン……多少強迫神経症的な方が、強迫神経症的な現在に合わせられるのかもしれない。

政治の空洞化にともなう不信感は、「空気」としてこの国を覆っているが、若者は声を上げようにも上げられない。その方法もやり口もあらかじめ封殺され、あきらめと共に不健康なニヒリズムが蔓延している。望みは景気回復のみであるが、今のところその兆しさえ見えず、経済成長以外の価値観にシフトする機運も決して高まってはいない。そして、帝国主義化する世界に呼応するかのように、容易にナショナリズムに回収される個の不満だけが渦巻いている。不透明で不安な世紀の中で、この「千年紀文学の会」はおそらく、「最後の砦」の一つとして数えられるであろう。本特集「グローバル化に抗する世界文学」に寄せられた力強い論考と、創作の数々はその「最後」たるゆえんである。

本書の刊行には、会外から寄稿していただいた多くの方々、また今回も出版を引き受けてくださった皓星社にお世話になった。感謝したい。

なお、本書の刊行委員は私を含む六名の会員である。綾目広治・小畑精和・小林孝吉・原仁司・村松孝明。

二〇一一年二月

喜谷暢史

※諸般の事情により刊行が大幅に遅れたことは関係諸氏にはお詫び申し上げる。

千年紀文学叢書 7

グローバル化に抗する世界文学

発行　2013 年 4 月 25 日
定価　2,500 円＋税

編著者　千年紀文学の会
発行人　藤巻修一
発行所　株式会社 皓星社
〒 166-0004　東京都杉並区阿佐谷南 1-14-5
電話：03-5306-2088　FAX：03-5306-4125
URL http://www.libro-koseisha.co.jp/
E-mail：info@libro-koseisha.co.jp
郵便振替　00130-6-24639

装幀　藤巻亮一
印刷・製本　㈲吉田製本工房

ISBN978-4-7744-0451-6 C0395

文学と人間の未来を問いつづける
千年紀文学叢書

●千年紀叢書シリーズ●　好評既刊

1　文学と人間の未来

さまざまな困難や苦悩に満ちた現代。そんな時代を深く見つめ、文学・人間・社会の可能性を探る「千年紀文学叢書」第一弾。中野重治論、埴谷雄高論、高橋和己論など。

二八〇頁　定価二、八〇〇円＋税

2　アジアのなかの日本文学

「アジア」の視点から見つめなおすことで、解体と空白のなかにある文学の現在をうつしだす画期的な評論集。万葉歌人のアジア観から、「敗戦後論」、梁石日、「火山島」論まで。

三八〇頁　定価二、八〇〇円＋税

3　アジア・ナショナリズム・日本文学

ポスト・コロニアルのなかのアジア、日本社会に広がるナショナリズム、この時代と社会を見つめなおす文学――私たちはどのような時代を生きるのか、象徴天皇と日本文学、情報社会の知識人論、横光利一のナショナリズム、寺山修司論など。

二三二頁　定価二、八〇〇円＋税

4　過去への責任と文学

つねに時代に対峙し思考する千年紀文学叢書。文学は、言葉は、時代や社会に対してどのような責任を持ちうるのか。その「道」を是正する力はあるのか。特集「〈9・11〉以後の文学と倫理」、評論「柳美里『石に泳ぐ魚』試論」など。

二〇〇頁　定価二、八〇〇円＋税

5　精神の痛みと文学の根源

他者の痛みは、どこまで認識できるのか？　生の極限をみつめた、精神・自由・倫理の追究が、文学の根源を明らかにする。評論「漱石『行人』の約束」「バディウとソンタグの自由と倫理」「春樹とばななの愛」、詩『黒土』の翻訳など。

一七八頁　定価二、五〇〇円＋税

6　体験なき「戦争文学」と戦争の記憶

社会の表層を描く現代文学や体験なき世代の「戦争文学」など、「美しい国日本」の現在と向き合う。評論「三島由紀夫・崩壊する自尊心と文体という防壁」「初期在日作家金熙明研究」「作家島比呂志との出会い、遺されたもの」、小説「チング（友達）」「日の丸まんじゅう」など。

二二四頁　定価二、八〇〇円＋税